Ob Briefbeschwerer, Vasen, Silberbecher oder Porzellanfiguren – Pierre-François Chaumonts größte Leidenschaft gilt dem Sammeln. Als er eines Tages wie so oft das Pariser Auktionshaus Drouot durchstöbert, entdeckt er ein Porträt aus dem 18. Jahrhundert und traut seinen Augen nicht: Das Gemälde zeigt ihn selbst. Für Pierre-François ist klar, dass er das Bild ersteigern und der Ähnlichkeit auf den Grund gehen muss. Seine Recherchen führen den Anwalt in ein Dorf im Burgund, wo er zunächst mit ungläubigem Erstaunen, dann mit großer Freude begrüßt wird: Die Menschen halten ihn für den vor Jahren verschwundenen Grafen von Mandragore und schicken ihn sogleich zum Schloss, wo die Gräfin seit seinem Verschwinden auf seine Rückkehr hofft.

Antoine Laurain arbeitete als Drehbuchautor und Antiquitätenhändler in Paris. Er ist in Frankreich ein gefeierter Bestsellerautor. Mit *Liebe mit zwei Unbekannten* (Atlantik Verlag, 2015) gelang ihm der internationale Durchbruch. Auch sein Roman *Der Hut des Präsidenten* (Atlantik Verlag, 2016) war weltweit ein Erfolg.

Antoine Laurain

Das Bild aus meinem Traum

Roman

Aus dem Französischen von
Sina de Malafosse

Atlantik

Die Originalausgabe erschien 2007 unter dem Titel
Ailleurs si j'y suis bei Editions Le Passage, Paris.

*Atlantik Bücher erscheinen im
Hoffmann und Campe Verlag, Hamburg.*

1. Auflage 2018
Copyright © 2007 by
Le Passage Paris-New York Editions
This edition published by arrangement with
L'Autre agence, Paris, France.
All rights reserved.
Für die deutschsprachige Ausgabe
Copyright © 2016 by
Hoffmann und Campe Verlag, Hamburg
www.hoca.de   www.atlantik-verlag.de
Satz: Pinkuin Satz und Datentechnik, Berlin
Gesetzt aus der Fairfield LT
Druck und Bindung: C. H. Beck, Nördlingen
Printed in Germany
ISBN 978-3-455-00205-8

Ein Unternehmen der
GANSKE VERLAGSGRUPPE

*Sic * luceat * lux*

I

Einer, der Dinge liebte

Am Rande eines Feldes gelegen, fensterlos, ohne funktionierendes Licht. Die etwa hundert Quadratmeter große Lagerhalle ist aus Blech, im Sommer erwärmen sich die Metallplatten in der Sonne, und die Temperaturen sind kaum noch auszuhalten. Um im Innern für Licht zu sorgen, könnte man eine Lampe an eine der Steckdosen anschließen, aber ich bevorzuge Kerzen.

Ich zünde die zwanzig, die ich in willkürlicher Anordnung aufgestellt habe, eine nach der anderen an. Anschließend rauche ich eine Zigarette und schenke mir ein Glas Whisky ein, das ist mein Ritual. Hinter einem Fass mit Industrieöl habe ich einen exzellenten, noch jungen Bowmore versteckt. Wie alle guten Whiskysorten schmeckt er nach Leder und Torf und ist, anders als diese widerlichen bernsteinfarbenen Cognacs, klar wie

Hühnerbrühe. Ich serviere ihn mir in einem Silberbecher im Louis-quinze-Stil, der mich immer, wenn ich vorbeikomme, auf einer alten Holzbank erwartet.

Die großen Blechplatten sind nie gestrichen worden und haben geduldig Rost angesetzt, bis sie diesen besonderen Farbton angenommen haben, den Künstler als »gebranntes Siena« bezeichnen. Ein so kräftiges Braun, dass es fast rot wirkt.

Ich komme ein- bis zweimal im Monat hierher und bleibe zwei Stunden, um meine Sammlung zu bewundern, wie ich es einst in meinem Arbeitszimmer getan habe. Tabakdosen aus Gold oder Schildpatt, schmiedeeiserne Schlüssel mit Griffen in Form von Delphinen oder Chimären, durchsichtige kugelförmige Briefbeschwerer, die für immer ihre vielfarbigen Einsprengsel umschließen, fluoreszierende Salzflakons, geformt aus diesem gelben, Uranglas genannten Kristall, Madonnen mit Elfenbeinschnitzereien aus Dieppe, Haute-Époque-Becher aus Vermeil, und so vieles mehr. Sie sind auf einer ehemaligen Werkbank angeordnet, wo ich auch ein Regal mit mehreren Fächern aufgebaut habe. In jedes von ihnen habe ich ebenfalls kleine Dinge gestellt, es sind vierundzwanzig. Es erinnert mich ein wenig an die Adventskalender, die ich als Kind hatte. Hinter jedem Türchen gab es ein kleines Fach mit einer Überraschung aus Plastik. Tag für Tag, Überraschung um Überraschung rückte Weihnachten, der große Geschenkeabend, näher.

Alle Geschenke, die ich mir im Laufe meines Sammlerlebens gemacht habe, sind hier vereint. Hier in meinem Kuriositätenkabinett, vor den Blicken anderer verborgen, so wie es solch ein geheimer Ort voller fabelhafter Dinge, die eifersüchtig von ihrem einzigen Herrn bewacht werden, zu sein hat. Mit seiner Lage am Feldrand ist es das merkwürdigste aller Kuriositätenkabinette. Mitten im Burgund, da, wo nicht einmal Handys klingeln.

Die sommerliche Hitze drückt schwer, und die Strohballen, die seit Jahrzehnten bis unters Dach der Halle gestapelt stehen, sind so trocken, dass sie von einem Augenblick auf den anderen plötzlich Feuer fangen können. Oben rechts steht, auf Säcken mit verdorbenem Dünger, mein Porträt, darauf ein Wappen. Heute ahne ich, was wirklich mit diesem Bild geschehen ist.

Ich setze mich nun auf einen kleinen Rattanstuhl, trinke den ersten Schluck Whisky und stelle dann mit lauter Stimme meine übliche Frage, bei der ich jedes Mal lächeln muss: »Pierre-François Chaumont, bist du da? Ein Schlag, ja, zwei Schläge, nein.« Dann stelle ich meinen Silberbecher schwungvoll auf die Bank, das aufschlagende Metall gibt die Antwort.

Alles begann vor etwas mehr als einem Jahr. Weit weg vom Burgund, in Paris.

*E*s waren die letzten Frühlingstage, und seit ein paar Wochen wagte ich eine schüchterne Ausweitung in Richtung Wohnzimmer. Meine wundervollen Sammlungen waren Jahr um Jahr von meiner Frau in einen einzigen Raum der Wohnung verbannt worden. Im sogenannten »Arbeitszimmer« lagerte ich alle meine Schätze. Ich hatte – die feindlichen Linien überschreitend – erneut ein paar Saint-Louis-Briefbeschwerer auf dem Couchtisch arrangiert. Erst kurz zuvor hatte ein dramatischer Zwischenfall den Sturz einer Kristallglaskugel aus Baccarat verursacht, die an der Kante eines Mörsers aus Bronze zerbrochen war. Die zweitausend Euro für die Kugel hatten sich in nichts aufgelöst. Der finanzielle Aspekt hatte Charlotte dazu bewogen, einen Sicherheitsbereich für die anderen Kugeln zu genehmigen. Wir hatten uns auf den Couchtisch geeinigt.

Am darauffolgenden Tag hatte ich meine zwei weinroten Vasen von Gallé geholt, »Nachtfalter« genannt, und sie unter dem missbilligenden Blick meiner Frau auf beide Seiten des Kamins gestellt.

»Wenn sie kaputt gehen, kostet uns das hunderttausend Mäuse«, hatte ich verkündet, damit jede ungewollte Bemerkung abgewehrt und mich in die Zeiten des Francs zurückversetzt, damit der bereits übertriebene Betrag sie noch mehr beeindruckte.

Das finanzielle Argument hatte gefruchtet, und ich hatte mich gefragt, ob ich nicht den Wert weiterer Gegenstände anheben sollte, um sie erneut ins Wohnzimmer stellen zu dürfen.

Es war einige Zeit her, dass ich zuletzt bei Drouot war, um meine Hand zum Gebot zu heben. Auktionen hinterlassen ein Gefühl der Trunkenheit, wie es kein alkoholisches Getränk vermag, und, im Gegensatz zum Kasino, hat man, wenn man verliert, trotzdem den Eindruck, ein wenig gewonnen zu haben: Das Geld, das man für das Objekt vorgesehen hatte, das einem gerade entgangen ist, geht wie von Zauberhand wieder auf dem Konto ein, da man es ja unbewusst schon ausgegeben hatte. Man hat also den Eindruck, reicher aus dem Auktionshaus hinauszugehen, als man hineingegangen ist. Was das betraf, spielte ich manchmal mit dem Gedanken, mir den Zutritt zum Auktionshaus Drouot verbieten zu lassen, wie manche Spieler es von Kasinos fordern. Ich stellte mir einen Mann mit einem guten Personengedächtnis vor, groß und stark, gekleidet wie die Portiers vor Luxushotels. Er würde alle Neugierigen vorbeigehen lassen, um dann den Arm nach mir auszustrecken.

»Maître Chaumont«, würde er in höflichem, aber bestimmtem Ton sagen.

»*Sorry, I think it's a mistake, my name is Smith, Mister Smith* ...«, würde ich hinter meiner schwarzen Brille und meinem großen Schal antworten.

»Das bringt nichts, Maître Chaumont, wir haben Sie erkannt. Gehen Sie.«

Einige Stunden später würde ich mit blond gefärbten Haaren wiedergekommen. Kaum hätte ich mich genähert, würde der Mann die Augen schließend mit dem Kopf schütteln. Nie wieder würde ich einen Fuß über die Tür des Auktionssaals setzen.

Seit einigen Wochen beschäftigte ich mich in der Kanzlei ausschließlich mit dem Durit BN-657. Als bedeutendes Element in der Formel-1-Motorenentwicklung trug dieser kleine Schlauch seinem Erfinder zufolge den zukünftigen Schumacher, Häkkinen oder Alonso in sich. Zwei Rennställe stritten sich um die Urheberschaft des Durits, wobei ihn jeder seiner Entwicklungsabteilung zuschrieb, und die Kanzlei Chaumont-Chevrier wurde zu Hilfe gerufen. Finanziell stand nicht wenig auf dem Spiel, und Chevrier hatte eine recht gewöhnliche Sache, in der es um das Plagiat eines Firmenlogos ging, vorläufig auf Eis gelegt, um mich beim Durit zu unterstützen.

An einem Mittag gönnte ich mir, während er sich die Akte anschaute, eine Pause, wie ich sie liebte, und flanierte durch die Ausstellungsräume von Drouot. Die Kanzlei befand sich fünfzig Meter vom Auktionshaus entfernt, was bei der Entscheidung für die Räumlichkeiten ausschlaggebend gewesen war. Nachdem ich schnell ein belegtes Brötchen verschlungen und eine Limonade getrunken hatte, trat ich in die Halle. Flüchtig beobachtete ich eine asiatische Auktion. Sie umfasste nur einen erotischen Druck, auf dem man eine Frau bei einer intimen Begegnung mit einem gigantischen Tintenfisch erkennen konnte. Da ich mich wenig für Zoophilie und Kephalopoden begeisterte, ging ich bald meiner Wege.

Der erste Stock quoll über vor Porzellanfiguren und Kommoden aus Rosenholz. Es gab auch eine Waffenauktion, die Neugierige und Fachleute für Schwarzpulver und Feuersteine anzog. Ich ging weiter ins Untergeschoss. Die Auktionen hier stehen stets weniger hoch im Kurs als die im ersten Stock, aber man hat mir von gewissen Leuten erzählt, die davon leben, im Untergeschoss etwas zu kaufen, um es wenige Monate später im ersten Stock wieder zu verkaufen.

Ich schlenderte durch einen Raum, in dem eine Philatelie-Auktion ausgestellt war. Mein Blick verlor sich in den bunten Federn tropischer Vögel, in den Seen Italiens und den Profilen der Heilsbringer verschiedener Länder. Da ich keine besondere Vorliebe für Briefmarken hatte, zog es mich in den benachbarten Raum weiter, wo die Taxidermie im Mittelpunkt stand. Vom Kolibri bis zum Zebra war geradezu die gesamte Fauna vertreten. Ein Ameisenbär zog meine Aufmerksamkeit auf sich, doch der Einzug dieses großen Insektenliebhabers in unsere Wohnung hätte mit Sicherheit für weitere Missstimmung in meiner Ehe gesorgt. Und doch hätte ich alle ausgestopften Tiere kaufen und in den Zimmern verteilen können, die Konsequenzen wären weniger erschütternd gewesen als das, was folgen sollte.

Mit resigniertem Schritt und müden Augen trat ich in Saal 8. Schränke, Buffets, Konsolen und Spiegel stapelten sich bis zur Decke. Es roch nach Rumpelkammer, nach Dachbodenmobiliar ohne Stil und Wert. Ich ging weiter, schritt günstige Ziergegenstände und einige alte Schinken ab, die an den Wänden hingen, als ich es sah.

Sechzig mal vierzig Zentimeter. Ein Pastellbild aus dem 18. Jahrhundert im Originalrahmen. Ein Mann mit gepuderter Perücke und blauem Anzug. Oben rechts ein unentzifferbares Wappen. In diesem Augenblick war es jedoch nicht das Wappen, das meine Aufmerksamkeit erregte, sondern das Gesicht. Ich war wie versteinert, konnte meinen Blick nicht mehr abwenden: Dieses Gesicht, das war meins.

Dieses Porträt von mir, das zweieinhalb Jahrhunderte zuvor angefertigt worden war und nun in meinem sechsundvierzigsten Lebensjahr auftauchte, war der Wendepunkt eines vor langer Zeit begonnenen Anhäufens von Dingen. Jahr um Jahr, Gegenstand um Gegenstand, Rechnung um Rechnung, bis zu diesem späten Vormittag im Saal 8 des Auktionshauses Drouot. Ich muss ganz an den Anfang meines Lebens als Sammler zurückkehren, zum ersten Kauf. Ich war neun Jahre alt und als guter Anwalt, der etwas auf sich hält, würde ich diesen Moment meines Daseins als den »Radiergummi-Fall« bezeichnen.

Arthur, der alte Basset artésien der Familie, verstarb im Schlaf an einem Herzinfarkt. Zwei Wochen später kaufte meine Mutter einen identischen Hund, der sich zu jener Zeit nur durch seine geringe Größe von seinem Vorgänger unterschied. Ich empfand diese Wiederholung als geschmacklos, als echten Affront gegen die Erinnerung an den ersten Hund. Als Variation zu dem Basset artésien hatte ich den Kauf eines schwarzen Dobermanns angeregt, ich ging sogar so weit, einen Namen vorzuschlagen: »Sorbonne«, als Hommage an den Hund, der als Begleiter von Jean Rochefort in *Angélique* auftrat, ein Film, den ich mit Begeisterung in den Osterferien gesehen hatte. Diese Anregung fand keinerlei Zuspruch, und meine Eltern trieben es mit ihrem chronischen Mangel an Vorstellungskraft so weit, dass sie dem neuen Hund denselben Namen gaben wie seinem Vorgänger.

Einige Zeit später schleppte mich meine Mutter zu einem dieser Einkaufsnachmittage mit, die sie so mochte. Ihr bevorzugter Zufluchtsort war der Old-English-Laden auf den Grands Boulevards, ein luxuriöses und altmodisches Markengeschäft, in dem sie mir beharrlich graue Flanellhosen und marineblaue Blazer kaufte. Daher stammt sicherlich meine Abscheu vor Mausgrau und dunklem Blau. Für alles Gold der Welt könnte man mich heute nicht dazu zwingen, eine Jacke in diesem Blau zu tragen, und ich ginge lieber in Unterhosen ins Büro als in einer grauen Hose. Zu jener Zeit träumte ich nur von Jeans, aber der Denimstoff stand in meiner Privatschule noch auf der Verbotsliste. Nachdem sie mich gequält und mit diesen Luxusfetzen eingekleidet hatte, die ein gutes halbes Jahrhundert hinter der Zeit zurück waren, führte meine Mutter ihre Einkäufe in den großen Warenhäusern fort. Sie probierte zahlreiche Kostüme an, die sie nie überzeugten. Wir gingen runter in die Schreibwarenabteilung, das Schuljahr hatte begonnen und der Inhalt meines Mäppchens musste erneuert werden. Meine Mutter kaufte mir ein gelbes Radiergummi, das nach Banane roch und auf dem der Kopf eines Dobermanns gedruckt war, der die Zunge rausstreckte. Ohne Zweifel würden einige von Freuds Nachahmern darin einen aufschlussreichen Akt sehen: Meine Mutter kaufte mir ein Radiergummi mit dem Bildnis des Hundes, den ich gefordert hatte, damit ich jede Spur dieses ungestillten Wunsches aus meinem Gedächtnis radierte. Ich selbst sah darin nur ein sehr hübsches, parfümiertes Radiergummi. Ein schöner Gegenstand, den ich keineswegs vorhatte zu benutzen. Am darauffolgenden

Tag, als ich aus dem Unterricht kam, machte ich mich auf die Suche nach einem zweiten parfümierten Radiergummi mit dem Kopf eines Hundes. In einer kleinen **Papeterie** auf dem Schulweg fand ich ein grünes mit dem Kopf eines Huskys. Es roch nach Apfel.

Am selben Abend schrieb ich in mein Tagebuch: »Eine Sammlung beginnt mit zweien, wenn man auf der Suche nach dem dritten ist.«

Um diesen Satz würde mein Leben zukünftig kreisen.

O nkel Edgar beschämt mich«, sagte meine Mutter gewöhnlich mit einem Seufzer, und meinte damit den Bruder ihres Vaters. Mein Vater fügte seinerseits einen gewollt unverständlichen Satz hinzu, dessen einziges halbwegs erkennbares Wort so etwas wie »schwül« war. Ich brauchte etliche Jahre, um zu verstehen, warum dieses Adjektiv der Wetterkunde dem so sonnigen Onkel Edgar zugewiesen wurde, den ich leider nur ein- oder zweimal im Jahr sah.

»Du, mein Kleiner, du bist sehr viel klüger als deine Eltern«, hatte Onkel Edgar eines Tages in vertraulichem Ton zu mir gesagt.

Ich war mit ihm im Wohnzimmer geblieben, während meine Mutter hinausgegangen war, um etwas zum Knabbern für den Aperitif zu holen. Ich erinnere mich, wie ich Onkel Edgar, der schon fast fünfundsiebzig war, in die wasserblauen Augen geschaut hatte. Mein Blick war über seine perfekt rasierte Wange und den merkwürdig schildpattfarbenen Teint gewandert, der sein ganzes Gesicht überzog. Mein Vater hatte diesen Teint nicht. Mit meiner Kinderhand hatte ich mich dem alten Gesicht genähert und die Wange des Onkels berührt. Auf meine Fingerspitzen hatte sich ein feiner hautfarbener Puder gelegt, der ähnlich glänzte wie der, den das Hausmädchen Céline vor dem Spiegel in der Küche auftrug.

Auch meine Mutter benutzte wohl Make-up, aber ich habe sie sich nie schminken sehen. Sie schloss sich im Badezimmer ein, um dieses Ritual zu vollziehen, das die Männer und kleinen Jungen, die sie alle geblieben waren, faszinierte. Nur Céline erlaubte mir zuzuschauen, wenn sie Puder und Lidschatten auflegte.

Meine Augen hatten wieder die des Onkels gesucht, und wie unter denen von Céline war eine feine blaue Linie zu sehen gewesen, die die Farbe der Iris hervorhob. Mein Onkel hatte mich zärtlich betrachtet, ein verschwörerisches und trauriges Lächeln war auf seinem Gesicht erschienen.

»Wenn du groß bist, wirst du es verstehen«, hatte er gemurmelt.

Meine Mutter war mit einem Teller trockener Plätzchen zurückgekommen, ich hatte die Finger geschlossen und sie möglichst unauffällig am Handballen gerieben, um das Geheimnis des Onkels zu tilgen, der sich schminkte wie eine Frau.

*

Onkel Edgar hatte die Angewohnheit, aus seinen Taschen Dinge hervorzuholen, eines erstaunlicher als das andere, und sie auf wunderbare Weise zu beschreiben. Seine zärtliche, gezierte Stimme habe ich Jahre später wiederentdeckt, als ich zufällig eine Wiederholung französischer Schwarz-Weiß-Filme im Kabelfernsehen sah. Ein Nebendarsteller war meinem Onkel in Gestalt, Stimme und Art zum Verwechseln ähnlich: der Schauspieler Jean Tissier. Unter den besorgten Blicken meiner Eltern hielt Onkel Edgar mir die Gegenstände hin und forderte mich auf, sie zu betrachten, und zwar »mit Intelligenz und Logik, mein Junge«. Zündholzhalter, kleine Necessaires, Taschenspiegel, Fächer, Puderdosen, Süßigkeitenschatullen,

Tabakdosen, jedes dieser Dinge hielt ein unerwartetes Geheimnis bereit – eine verborgene Mechanik, einen doppelten Boden, andere versteckte Funktionen, die mich als kleinen Jungen bezauberten. Ich hatte wiederholt den Wunsch geäußert, Onkel Edgars Sammlungen anzuschauen, doch dies stieß systematisch auf ein kategorisches elterliches Nein.

Edgar-der-Schwüle kam mit Artikeln über Ballettaufführungen über die Runden, seine Ode an »den grazilen Spann schöner Jünglinge beim Spitzentanz« hat ihn bekannt gemacht. Edgar-der-Sammler plünderte seit über fünfzig Jahren Flohmärkte und Kunstauktionen. Er gehörte zum armen Teil der Familie und leerte sein Bankkonto für Antiquitäten und diverse Gigolos. Mit fortschreitendem Alter schmolzen seine Ersparnisse dahin.

Bei meiner letzten Begegnung mit Onkel Edgar hatte er aufmerksam meine Radiergummisammlung betrachtet, die inzwischen fünfundneunzig Exemplare und zahlreiche Varianten zählte, darunter nunmehr Autos, Menschen und Pflanzen. Mein liebstes Radiergummi war mit einer riesigen Bohne verziert und roch nach etwas schwer Definierbarem, was ich mit den Jahren jedoch süßen Fenchel taufte. In seinem schwarzen umhangartigen Mantel, ohne den er niemals ausging, und mit seiner Größe von einem Meter neunzig hatte er sehr ernst auf mich herabgesehen.

»Wenn du ein echter Sammler werden willst, musst du eines verstehen: Die Dinge, die echten Dinge«, hatte er mit gehobenem Zeigefinger betont, »bewahren die Erinnerung derjenigen, die sie besessen haben.«

Ich hatte ihn, ein wenig nach hinten gebeugt und leicht eingeschüchtert durch diese feierliche Erklärung, angesehen.

»Verstehst du?«, hatte er nachgehakt.

Ich hatte genickt.

»Was hast du verstanden?«, hatte Onkel Edgar gelacht, während er sich hinkniete, um mit mir auf einer Höhe zu sein.

»Wenn sie alt sind …«, hatte ich gemurmelt.

»Sprich weiter, mein Junge … Wenn sie alt sind …«

»… bewahren sie Seelen«, hatte ich schnell gesagt, ohne den Blick von den blauen Augen meines Onkels zu lassen.

Dieser hatte aufgehört zu lächeln und mich

mit größtem Respekt gemustert. Unmerklich hatte er mit dem Kopf genickt, was ich als Bewunderung verstanden hatte, aber noch mehr war – Anerkennung.

Am nächsten Tag verkaufte ich meine gesamte Radiergummisammlung für die horrende Summe von 500 Franc. Marie-Amélie Clermont, acht Jahre alt, Anfängerin im Sammeln von Radiergummis, blieb während einer Unterrichtspause vor den Schätzen stehen, die ich in meinem Schulranzen mitgebracht hatte. Sie hatte den Wunsch geäußert, meine ganze Sammlung zu erstehen, was ich zunächst abgelehnt hatte. Da ich nun der Ansicht war, dass die Radiergummis seelenlos seien, da sie vor mir keinen Besitzer und damit keine Vergangenheit hatten, hatte ich meine Meinung geändert und entschieden, mich von ihnen zu trennen. Die Transaktion fand zur Mittagszeit statt. Marie-Amélie hatte zu Hause eine Kollekte von Pater Picard für die Leidenden von Uganda als Vorwand benutzt und ihren Eltern die 500 Franc abgenommen, die ich gefordert hatte. Indem ich meinen ursprünglichen Einsatz verdoppelte, lernte ich an diesem Tag, was Geschäftssinn war. Ich war achteinhalb Jahre alt. Um zwei Uhr im ersten Stock wechselte die Sammlung ihren Besitzer. Marie-Amélie fand sich als Herrin über hundertneun Radiergummis wieder, dazu kamen die vierzehn aus ihrer eigenen Sammlung. Ich selbst umklammerte mit feuchter Hand das Gesicht von Blaise Pascal, bevor ich den legendären 500-Franc-Schein in die hintere Tasche meiner grauen Flanellhose gleiten ließ.

Viele Jahre später traf ich Marie-Amélie im Flur des Gerichts wieder, sie wartete dort auf das Urteil zu einem Rechtsstreit um ihren Familienbesitz in Noirmoutier. Sofort sprach ich sie auf den Radiergummi-Fall an.

Sie konnte sich nicht erinnern.

Während meiner Jahre an der Universität war ein Teil meines Budgets für Antiquitäten vorgesehen. Ich hatte bereits zahlreiche Stücke zusammengetragen und verkaufte einige wieder, denn manchmal verloren die Gegenstände ihre Kraft, sie zersetzte sich mit den Jahren. Der Geigerzähler der Zuneigung reagiert, wenn man ihn auf dieses oder jenes Stück richtet, nicht immer gleich. Er zittert immer noch genauso stark für jenen Kerzenleuchter mit Delphinen aus dem 17. Jahrhundert, und gibt bei dem goldenen Löffel mit dem Wappen Frankreichs, den man doch monatelang im Schaufenster des Antiquitätenhändlers ausgespäht hatte, kaum mehr ein Zischen von sich. Es wird also möglich, sich ohne Reue von dem Löffel zu trennen, während der Verkauf des Kerzenleuchters einem das Herz herausreißen würde. Diese spontane Neubewertung der Zuneigung zu einem Gegenstand blieb für mich immer eines der größten Mysterien.

Indem ich die einst investierte Summe verdoppelte, verdreifachte und manchmal verfünffachte, bewahrte mich meine besondere Neigung zum Kunstmarkt vor den Nebenjobs, denen meine Kommilitonen nachgingen. Es kam manchmal vor, dass ich an einem Nachmittag mehr verdiente als sie in einem Monat, und ich hütete mich davor, das auch nur irgendjemandem zu erzählen. Doch während sich die Gegenstände bei mir häuften, verhielt es sich mit den Mädchen ganz anders.

Ich hatte in dieser Zeit keine Freundin, verliebte mich aber regelmäßig in Mädchen, die mir gegenüber nicht die gleichen Gefühle hegten. Einer Frau den Hof zu machen, die einen höflich zurückweist, verursacht den gleichen Frust wie ein Objekt im Schaukasten eines Museums zu betrachten – man ist dazu verdammt, es mit den Augen zu berühren, ohne es jemals das Seine nennen zu dürfen.

Die Scheibe zu zerschlagen, es an sich zu reißen und zum Ausgang zu rennen ist immer möglich. Möglich, ja, aber genauso unvorstellbar, wie sich wild auf die Bluse einer jungen Frau zu stürzen, die sich bereit erklärt hat, mit einem etwas trinken zu gehen, und einem dann sanft erklärt, dass sie dich gern hat, aber ...

In Anbetracht dessen, dass es undenkbar war, noch länger Jungfrau zu sein, war es einmal mehr mein Sammlerinstinkt, der mir den Weg zur Lösung wies. Daran gewöhnt, mit Geld zu bekommen, was ich wollte, begann ich, zu Prostituierten zu gehen.

Auf den Spuren von Onkel Edgar, der seine Gewinne aus dem Verkauf von Kunstobjekten in eine Stunde mit einem jungen Mann investierte, verschleuderte ich mein Geld in den Armen der Frauen. Da waren Magali, Maya, Sophia, Marilyn, Samantha und noch so viele andere. Fast meine ganze Sammlung verschwand in dieser höllischen Spirale überbezahlter Lust. So verkaufte ich einem Kommissar der Sittenpolizei – welch göttlicher Zufall – meine ganzen Tabakdosen aus Strafkolonien. Die Gefangenen hatten, fein in Steinnüsse geschnitzt, ihren erotischen oder mordlustigen Phantasien freien Lauf gelassen. Danach waren meine Baccarat-Stiefmütterchen an der Reihe – kleine Briefbeschwerer, die eine Nachbildung der

Blume im Kristall einschlossen –, dann meine Schuhlöffel aus Elfenbein und meine Kühlerfiguren in Tierform. Ich tauschte Dinge gegen Frauen.

Ein paar Jahre später endeten die Studentenpartys manchmal mit einer Eroberung, die zu einer flüchtigen Beziehung wurde. Doch entweder verließen mich diese jungen Frauen, weil ich mich nicht fest binden wollte, oder ich war derjenige, der wegen mangelnder Motivation ging. Liebesworte zu äußern, die man nicht ernst meint, ist sehr schwierig, man hat den Eindruck, sich selbst zu belügen, was noch schmerzhafter ist, als den anderen zu belügen.

»Du sammelst kleine tote Dinge«, hatte mir eine dieser jungen Frauen eines Tages gesagt.

Sie studierte Psychologie und sah in mir einen interessanten Fall, den sie jedoch nicht ganz durchschaute. Ich glaube auch, dass sie mir vorwarf, mich mehr für meine kleinen toten Dinge zu interessieren als für sie. Dieses Gefühl, dass man mir etwas vorwarf, verfolgte mich während meines ganzen Sammlerlebens.

Als Doktorand lernte ich Jean Chevrier kennen. Er stellte mir Charlotte vor, eine junge Frau, die er kurz zuvor unter den Studenten im Aufbaustudium getroffen hatte. Eine Frau, für die sich ein Freund interessiert, ist sofort viel anziehender.

*

Zu Beginn unseres gemeinsamen Lebens fand Charlotte meine Leidenschaft für alte Gegenstände amüsant, bevor sie sie als schlicht platzraubend empfand. Im Laufe der Jahre breiteten sich zwei, dann drei, vier oder fünf Gemälde an jeder Wand unserer Wohnung aus. Die Briefbeschwerer vervielfältigten sich auf der Kommode wie Pilze, die Tierbronzen wurden ein Zoo, und in meinen leeren Tabakdosen stünde genug Platz zur Verfügung, um alle Armeen Europas mit Schnupftabak zu versorgen.

Die letzten Jahre hatte Charlotte die Verbannung meiner Sammlung organisiert. Als Kaiser im Exil führte ich meine Diktatur auf einem Gebiet von fünfzehn Quadratmetern und inspizierte während langer einsamer Stunden meine unbeweglichen Truppen: Schwefelkristalle, Kunstschmiedearbeiten, Truhen, alte Schlösser, handgeschriebene Briefe. Meinen Vorgängern Gulbenkian, Sacha Guitry und sogar Serge Gainsbourg standen ganze

Häuser für ihre unzähligen Kollektionen zur Verfügung – ich gab mich auf bescheidene Weise mit meinem »Arbeitszimmer« zufrieden. Ich träumte von dem ehemaligen Wohnsitz des großen Sacha, Avenue Élisée-Reclus Nummer 18, und von der wundervollen Sammlung dieses Meisters, die inzwischen aufgelöst war. Ich besaß davon eine Reliquie, einen anonymen Stich von Napoleon auf der Insel Elba, auf der Rückseite gestempelt mit »ehemalige Sammlung Sacha Guitry«. Der Kaiser hatte sein Gesicht zum Meer gewandt, die Augen in die Weite gerichtet. Er sah noch eine Zukunft vor sich. Wie er würde auch ich verschwinden.

Für viel länger als hundert Tage.

Nummer 46 ... Spiegel aus der Restaurationszeit, mit Quecksilber ...«, verkündete der Auktionator.

»Sehr schön, dieser Spiegel mit seinen Engeln«, ergänzte der Experte mit monotoner Stimme in sein rauschendes Mikro.

Ich stand wie immer im hinteren Teil des Saals und wartete mit klopfendem Herzen auf die 48. Einmal mehr fühlte ich den Kick, den Versteigerungen auslösten – das Gefühl von Schnelligkeit, Schwindel, zugleich Erregung und Angst. Das Gefühl, als würde man mit dem Auto in Höchstgeschwindigkeit eine Straße entlangfahren, mit verbundenen Augen. Würde ich mein ersehntes Objekt bekommen? Mein hochgeschätztes Bild? Gab meine Brieftasche genug her?

Ich war eilig zur Kanzlei zurückgekehrt und hatte alle Nachmittagstermine abgesagt, ohne eine Erklärung abzugeben. Es stand für mich nicht zur Diskussion, ein schriftliches Gebot zu hinterlegen und so hinzunehmen, dass das Porträt bei einem anderen Gebot als dem meinen wegging.

Nach einer langen, stillen Gegenüberstellung, bei der ich mich vor dem Bild positioniert hatte und die Spiegelung meines Gesichts wie ein Abziehbild auf dem Schutzglas lag, hatte ich mich zum Tisch des Auktionshauses begeben, um den Preis zu erfragen. Ich hatte die Praktikantin hartnäckig angeschaut, darauf wartend, dass ihr die ungeheure Ähnlichkeit auffiel. Während sie in ihrer Liste nachschaute, hatte ich nachgelegt:

»Dieses Porträt ... es ist erstaunlich, was für ein Blick!«, hatte ich mich begeistert.

Sie war zu beschäftigt, um sich zu der Ähnlichkeit zu äußern.

»Nummer 48, 1500 bis 2000 Euro, Monsieur.«

Ein stolzer Preis, aber ich hatte die Mittel. Und dieses Porträt von mir musste mir einfach zufallen, keine Frage.

»Weiß man wirklich nicht, wer das ist? Da ist doch ein Wappen ...«, hatte ich weitergefragt und sie dabei angesehen, sicher immer noch ein wenig starrend, denn sie hatte die Augen niedergeschlagen.

»Nein, der Experte hat keine Nachforschungen getätigt.«

»Was für ein Jammer, ich muss mich also selbst darum kümmern.«

»Möchten Sie ein schriftliches Gebot hinterlegen?«

»Sicher nicht, ich komme selbst«, hatte ich gesagt, immer noch ohne sie aus den Augen zu lassen.

»Noch etwas, Monsieur?«

»Nein.«

Ich hatte mich zurückgezogen und den Platz einem alten Mann mit Hörgerät überlassen. Die junge Frau war gezwungen, die Stimme zu heben, um ihn über das Porzellan zu informieren. Ich war zu meinem Porträt zurückgekehrt, um mich direkt darunterzustellen, den Ellenbogen auf die rote Samtborte der Wand gestützt. Während ich diese Stellung unter dem Pastellbild beibehielt, hatte ich versucht, den Blick der Besucher aufzufangen. Vergeblich.

»700!«

Für den Quecksilberspiegel war der Hammer gefallen.

»Nummer 47, ein Paar Girandolen, zeigen Sie sie, Herr Kommissionär.«

Mit mürrischer Miene, als handele es sich um ein Bund Lauchzwiebeln, hielt der Kommissionär die zwei Kerzenleuchter am ausgestreckten Arm.

»500! Niemand für 500?! Das ist nicht teuer für Girandolen! Gut, 400! 50, ah, wir werden wach, 500, das hätten wir, 50, 600 ... Monsieur Steiner?«, wandte sich der Auktionator an einen Händler, der den Kopf schüttelte.

»600 hier rechts«, rief ein Auktionshelfer. »Der Herr mit den blonden Haaren«, fügte er aus dem Mundwinkel hinzu.

Hammerschlag. Den Kaufbeleg in der Hand ging der Auktionshelfer zu einem Herrn mit blondem Haar.

»Nummer 48, Porträt.«

Voilà, ich war dran. Das Pastellbild gelangte in die Hände des Auktionators.

»Das ist sehr schön!«, bemerkte der Auktionator sogleich.

Es machte mir Sorgen, dass er seine Ware so anpries.

»Weder der Erschaffer noch die abgebildete Person sind bekannt?«

Auch ihn störte diese Sache mit der Anonymität.

»Nein, wir haben nicht danach geforscht, wir hatten nicht die Zeit«, antwortete der Experte knapp, sichtlich verärgert über die Bemerkung des Auktionators.

Die junge Frau, die mich beraten hatte, kaute unauffällig ein Kaugummi, während sie mich ansah. Sie blickte nach unten auf ein Heft, nahm das Telefon ab und wählte eine Nummer.

Dieses Mal würde meine Strategie darin bestehen, mich nicht sofort bemerkbar zu machen, sondern erst bei 1500 einzusteigen. Das könnte einen nicht zu unterschätzenden Überraschungseffekt bedeuten.

»Beginnen wir bei 1000, 1000 Euro! 1200, 1400, 500 ...«

Ich bohrte meinen Blick in den des Auktionators und hob schnell die Hand.

»800«, sagte er, als er mich sah.

»2000«, erwiderte der Auktionshelfer.

»200«, fuhr der Auktionator auf mein Zeichen fort.

»2400«, fügte er, sich nach links drehend, sofort hinzu.

»2600, 800.«

»3000 auf schriftliches Gebot«, verkündete der Experte.

»200«, nahm der Auktionshelfer wieder auf, der einen neuen Bieter ausgemacht hatte.

»400«, fuhr der Auktionator auf ein Handzeichen von mir fort.

»3400! ...«

»600, 800.«

»4000 auf schriftliches Gebot«, machte der Experte weiter.

»500«, fügte plötzlich die junge Frau am Telefon an.

Ich schaute vorwurfsvoll zu ihr hinüber, als ob die Arme verantwortlich für die Kauforder wäre. Der Auktionator gab mir ein kleines Zeichen mit dem Kinn.

»700«, sagte er auf mein Nicken hin.

»5000«, nahm die junge Frau wieder auf.

Ich nickte erneut.

»5200«, übernahm der Auktionator.

Einen Moment hielten alle inne, während die junge Frau in den Hörer sprach.

»5200«, rief der Auktionator.

»6000«, fuhr die junge Frau fort.

»Wollen Sie 6500?«, fragte mich der Auktionator.

Ich nickte.

»6500 Euro!«

»7000«, entgegnete die Frau.

Wie weit konnte ich gehen? Allmählich bekam ich Angst.

»500!«, sagte ich laut.

»8000«, antwortete die Frau.

»200!«, schrie ich, in dem Versuch, das Ansteigen der Gebote zu bremsen.

»500!«, fügte sie an.

»700!«, entgegnete ich.

»9000?«, fragte der Auktionator.

Die junge Frau nickte.

»9500«, entgegnete ich.

Etwas hatte sich in meinem Bauch zusammengestaut, ich fühlte mich schwerelos. Nichts war mehr von Bedeutung, es war, als würde ich morgen sterben.

»9500«, wiederholte der Auktionator.

»600«, verkündete die junge Frau.

»800«, fuhr der Auktionator auf meinen Lidschlag hin fort.

Die junge Frau teilte das Gebot am Telefon mit, ich sah, wie sich ihre Lippen bewegten, dann schüttelte sie an den Auktionator gewandt den Kopf.

»9800«, wiederholte er sofort, während die junge Frau den Hörer auflegte.

»9800!«, verkündete der Auktionator deutlich dem ganzen Saal.

Wirst du wohl mit deinem Hammer schlagen, Hundskerl, dachte ich.

Er hielt ihn in der Luft, abwartend. Ich war schweißgebadet und hatte langsam Schwierigkeiten zu atmen. 9800. Unmöglich, noch weiterzugehen, mit den Gebühren war ich bereits bei 12 000 Euro. Unmöglich, ein weiteres Gebot auszustechen. Unmöglich, das Bild nicht zu bekommen. Ich hatte Lust, mich auf ihn zu werfen und seinen Arm auf den Tisch zu zwingen, damit er endlich mit seinem Hammer schlug.

»Niemand, der diese Summe überbietet?«, fragte er weiter.

Endlich sah ich den Ansatz einer Bewegung,

der Hammer sank schnell auf den Tisch. Er würde fallen. Jetzt ... Jetzt ... Ja! Das Porträt gehörte mir.

*P*astellfarbene Zartheit. Der Puder war in mehreren Schichten fein auf das Papier aufgetragen. Völlig durchscheinend lagen sie harmonisch übereinander. Einen Augenblick lang erinnerte ich mich an den Puder, der auf meinen Fingern zurückblieb, an dem Tag, als ich Onkel Edgars Wange berührt hatte.

»Faszinierend«, murmelte ich beim Anblick des Gesichts, während ich einen Schluck Bowmore hinunterstürzte. Den brauchte ich wirklich, um mich von den Emotionen zu erholen. Da ich mir den Nachmittag freigenommen hatte, war ich geradewegs nach Hause gegangen und hatte mein Porträt auf das Sofa im Wohnzimmer gestellt. Die Pastellkreide gab auf wunderbare Weise die schimmernde blaue Seide des Anzugs wieder. Die gepuderte Perücke im Louis-quinze-Stil endete in zarten Kringeln oberhalb meiner Ohren. Mit Sicherheit trug ich im Rücken eine zarte Catogan-Schleife im gleichen Blau, was im 18. Jahrhundert sehr in Mode war.

Die Augen starrten mich an. Sie waren von unbestimmter Farbe, aber der kleine Punkt aus weißer Kreide, den der Künstler an den Rand jeder Pupille gesetzt hatte, verlieh ihnen einen lebendigen Glanz. Ich ging vor dem Gemälde auf und ab. Es folgte mir mit den Augen. Ich hatte gelesen, dass nur die Mona Lisa diese Gabe besaß. Das war mit Sicherheit falsch, denn das Porträt von mir tat es ebenso.

Auf dem dunklen Grund, den man auf den ersten Blick für dunkelbraun halten konnte, war meine Figur in Wirklichkeit von einem Schein aus verschiedenen Farben umgeben. Braun, grün, erd- und schieferfarben, enthielt er feinste Pudernuancen. Oben rechts hatte der Künstler das Wappen gezeichnet, das vielleicht ermöglichte, den Namen des Mannes mit der Perücke herauszufinden.

Ich leerte mein Glas in einem Zug. Charlotte würde bald nach Hause kommen, ich konnte ihr den Preis, den ich für das Bild gezahlt hatte, nicht verraten. Das war unmöglich. Eine unauffällige

Manipulation meines Kontos würde reichen, um die Ausgabe von 11760 Euro zu decken. Mit dem Verkauf meiner Radiergummisammlung hatte ich Gefallen an Transaktionen mit Bargeld gefunden und bis heute behalten. In meinem Büro hatte ich einen Tresor, der einen hübschen Haufen 500er-Scheine enthielt. Das Geld kam von ein paar »freundschaftlichen« Ratschlägen an Mandanten, die keine waren. Mein Beruf hatte seine dunklen Seiten, und die ruhten im Tresor in meinem Büro. Ich sagte mir oft, dass dieses Geldbündel nicht ohne Zufall dort lag. Dass es Bestandteil meiner Sammlung war. Ich sammelte blasslila 500er-Scheine. Alle würden nun draufgehen. Doch das spielte keine Rolle.

1500, 1800 Euro. Ja, diese Summe konnte ich Charlotte gestehen, das würde sie akzeptieren. Wenn ich ihr 11760 Euro nannte, würde ich mit einer wütenden Szene belohnt werden. Abgesehen vom finanziellen Aspekt, war es aber vor allem ihre Reaktion, auf die ich gespannt war. Ich schenkte mir noch ein Glas Whisky ein. Dieses Mal gab ich Eis dazu und ging erneut ins Wohnzimmer, um mich, wie in Anbetung von mir selbst, vor das Pastellbild zu knien. Meine Nase ... Das war meine Nase. Und auch mein Mund, den der Künstler mit ein wenig roter Kreide hervorgehoben hatte, um ihn deutlicher von der Farbe der Wangen abzugrenzen ... Und auch die Ohren glichen vollständig den meinen. Das Geräusch des Schlüssels im Schloss ließ mich den Kopf wenden.

»Bist du da?«

»Ich bin da«, antwortete ich und leerte meinen Whisky in einem Zug, um zu verbergen, wie viel ich mir eingegossen hatte.

»Schon zu Hause?«, fragte sie, während sie den feinen Schal aus blasslila Seide abnahm, ohne den sie nach den ersten Sommertagen nicht mehr ausging.

Von weitem hatte sie ihren Blick auf das Porträt gerichtet.

»Du bist wieder zu Drouot gegangen? Hör endlich auf damit, Pierre-François, du nimmst gerade wieder das Wohnzimmer in Beschlag.«

Sie war näher gekommen, ich war ihr mit dem Blick gefolgt, gespannt auf ihre Reaktion.

»Fällt dir nichts auf?«

»Was soll mir denn auffallen?«, stieß sie verärgert aus.

»... Nun aber! Die Ähnlichkeit! Die Ähnlichkeit ist verblüffend. Das bin ich!«

»Was?«, fragte sie mit missbilligender Miene. »Dieser Typ ähnelt dir überhaupt nicht, was versuchst du hier? Gut, wie dem auch sei, ich will es hier im Wohnzimmer nicht sehen. Du wirst es ins Arbeitszimmer hängen.«

Charlotte war aus dem Raum gegangen, ich sah ihr nach, benommen, betäubt, bestürzt. Halb benebelt, was nichts mit dem Alkohol zu tun hatte, hörte ich ihre Schritte im Flur, die in die Küche gingen, die Kühlschranktür, dann erneut ihre Schritte. Sie war zurückgekommen, ein Glas Orangensaft in der Hand. Sie trank es in feindseliger Haltung, während wir uns schweigend ansahen.

Zwischen uns würde nichts mehr so sein wie zuvor.

Sicher war es in der darauffolgenden Nacht, dass meine Träume einsetzten. Oder eher mein Traum. Ich habe sogar eine Zeit lang darüber nachgedacht, Kontakt mit einem Psychiater aufzunehmen, damit er mir erklärte, was ich ohnehin schon wusste. Der Traum blieb über die gesamte Zeit meiner Nachforschungen, überkam mich alle zwei, drei Tage.

Nachts, während mein Körper artig unter der Decke lag, reiste mein Geist in seltsame Gegenden. Von Träumen hatte ich bis jetzt, und das äußerst selten, nur solche erotischer Art erforscht. So hatte ich einige Jahre zuvor höchst ungewollt eine Art Obsession für die junge Blumenhändlerin in unserem Viertel entwickelt. Mehrere Wochen lang besuchte sie mich in meinen Träumen und bettelte darum, dass ich sie in ihrem Laden auf bestimmte Weise demütigte, und das stets in der Abteilung für Kakteen und fleischfressende Pflanzen. Ich war gezwungen, den Floristen zu wechseln. Es war mir nicht mehr möglich, Charlotte Rosen zu kaufen, ohne dass mir die pornographischen Visionen der Nacht durch den Kopf schossen. Ich wurde Kunde eines anderen Geschäfts, das sich viel weiter weg an den Boulevards befand. Der dicke schnauzbärtige Mann, der meine Rosen zusammenband, erschien niemals in einem meiner Träume.

Der Traum, der mich in jener Nacht heimsuchte, hatte nichts Erotisches an sich. Ich ging durch eine trostlose Landschaft, der Asphalt, wenn es sich denn um die Erde handelte, war durch Asche ersetzt worden. Auch die Häuserfassaden waren mit Asche bedeckt. Unmöglich zu erkennen, ob ich mich in unserer Zeit oder in der Vergangenheit befand. Diese apokalyptische Szenerie einer toten, staubbedeckten Stadt kannte ich nur von den Bildern aus New York am 11. September 2001. In meinem Traum jedoch hatte es keine Katastrophe gegeben. Die Geisterstadt, durch die ich lief, war seit langem, vielleicht schon immer, in Stille und Asche getaucht. Ich ging durch die leeren Straßen, beschmutzte meinen Anzug mit Asche und suchte nach menschlichem Leben. Es gab keines. An einem kleinen Platz angekommen, einer Art venezianischem *campo*, entdeckte ich eine Guillotine, die wesentlich moderner war als die Geräte der Revolution. Ich kam nicht umhin zu denken, dass man sie kurz zuvor gebaut haben musste, und verstand ihren Nutzen nicht. Die Todesstrafe ist abgeschafft, sagte ich mir. Wer baut so etwas? Das Objekt von allen Seiten betrachtend, dachte ich lange Zeit über diese Frage nach, als mich unsichtbare Hände von hinten packten und hochhoben.

Man zwang mich, fast auf dem Bauch liegend, auf das Schafott. »Verzeihung? Verzeihung?«, fragte ich und erinnerte mich daran, dass dies ein Ausdruck meines Onkels war, den ich jedoch nie zuvor benutzt hatte. Ich fühlte mich so leicht wie eine Feder, und anstatt mich zu wehren und zu schreien, dachte ich, dass es nicht uninteressant wäre, in meinem Nacken diese »Frische« zu spüren, von der der Erfinder gesprochen hatte. Es auszuprobieren, aus reiner Neugier, denn danach würde ich nur meinen Kopf aus dem Korb holen und ihn mir wieder auf den Hals setzen müssen, damit alles wieder normal wäre.

Die Guillotine ging mit einem gedämpften Geräusch nieder, und ich fühlte die besagte Frische kaum, war eher enttäuscht. Ich beugte mich über den Korb, der meinen Kopf aufgefangen haben musste, um zu entdecken, dass er nicht dort war. Ich weiß nicht, wie ich das feststellen konnte, da ich doch keinen Kopf mehr haben sollte, aber solche Probleme spielen in Träumen ja keine Rolle.

Diese Sache mit dem verschwundenen Kopf stürzte mich in tiefe Ängste. Ich musste ihn unbedingt wiederfinden, um zur Arbeit zu gehen, sonst würde mich im Büro keiner hereinlassen, denn niemand würde mich erkennen.

Ich wurde von Angst und schließlich Panik überwältigt, es gab keine Menschenseele, der ich mein Problem mit dem Kopf, den es um jeden Preis wiederzufinden galt, anvertrauen konnte. Schließlich brannte die Panik so stark in mir, dass ich meinte, die ersten Symptome eines Infarkts zu erkennen, als die Umgebung sich aufhellte.

Die Asche war durch Sand ersetzt worden, fein und brennend, honigfarben. Ich trug meine Mokassins nicht mehr und spürte große Hitze an meinen Fußsohlen. Ich stellte fest, dass mein Hemd und meine Krawatte verschwunden waren.

Ich trug nur noch meine schwarze Anzughose. Auch die Guillotine war verschwunden. Eine Frau von überragender Schönheit stand vor mir. Ich wusste, dass sie schön war, aber ich konnte sie nicht sehen. Ich ging auf sie zu und sah, dass sie meinen Kopf in ihren Händen hielt. Auch sie kam auf mich zu, und es stimmte mich tieftraurig, dass ich ihre Gesichtszüge nicht erkennen konnte. Endlich setzte sie mir meinen Kopf auf die Schultern. Im selben Augenblick erwachte ich wieder zum Leben, und kaum hatte ich Mund und Augen geöffnet, pressten sich ihre Lippen auf meine zu einem Kuss.

Ich konnte ihr Gesicht nicht sehen, aber obwohl es mich im Augenblick zuvor noch gequält hatte, berührte es mich nun nicht mehr. Ihr Gesicht war ohne Bedeutung, ich war verliebt. Wie verrückt verliebt.

Ich fragte mich, warum sie meinen Kopf in ihren Händen gehalten hatte, und schickte mich an, mich von ihren Lippen zu lösen, um sie danach zu fragen.

Die Frage blieb stets unbeantwortet, in genau diesem Moment erwachte ich, und der Traum und der Kuss brachen ab.

Am Abend des Tages, an dem ich das Bild erstanden hatte, empfingen wir ein befreundetes Paar zum Essen. Beim Aperitif konnte ich der Versuchung nicht widerstehen, ihnen mein neuestes Fundstück zu zeigen. Ich verschwand in Richtung Arbeitszimmer und hielt, als ich zurückkam, stolz das Pastell im Arm. Ich stellte es auf einen Sessel, wartete auf die Reaktionen. Charlotte würde verblüfft sein, es würde offen zutage treten, dass ihr jegliches Auge fehlte. Doch was ich mit aller Kraft herbeirief, trat nicht ein, und Charlotte, die sich daran ergötzte, meine Enttäuschung zu inszenieren, warf ein: »Pierre-François findet, dass dieses Bild ihm ähnelt.«

Unsere Freunde stießen empörte Rufe aus.

Konnte es sein, dass niemand sah, was ich sah? Ja, das konnte sein. Simon, der den ganzen Tag vor den Börsenkursen saß, Nathalie, die ihre Chanel-Kostüme wieder und wieder zählte – wie konnten diese beiden Gestalten Augen dafür haben?

Blicke, die von der Moderne verdorben waren, abgestumpft durch Zeitschriftencover und Werbebanner. Nichts konnten sie mehr sehen.

Kurz bevor ich ins Bett ging, vertiefte ich mich, auf der Suche nach einem bestimmten Satz über den Blick, erneut in ein Buch, das ich immer wieder gelesen hatte: *Monsieur de Phocas* von Jean Lorrain. Fieberhaft blätterte ich das ganze Buch durch. Es gab Hunderte von Sätzen über den Blick, Monsieur Phocas war regelrecht besessen von Augen, las in einer Iris alle nur vorstellbaren tödlichen und erotischen Verbrechen. Ich hatte jedoch einen kurzen Absatz über die Augen der Moderne in Erinnerung, die unfähig waren zu sehen.

»Moderne Augen? Es ist keine Seele mehr in ihnen, sie schauen nicht mehr zum Himmel. Selbst die reinsten sind mit dem Unmittelbaren beschäftigt: niedere Begehrlichkeiten und schäbige Interessen,

Wollust, Hochmut, Vorurteile, feige Gelüste und stumpfe Gier. So das Gewimmel von Abscheulichkeiten, das man heute in Augen vorfindet. Notar- und Küchenseelen. Deshalb sind die Augen auf Porträtbildern in Museen so verblüffend, sie spiegeln Gebete und Qualen wider, Reue oder Schuldgefühl. Die Augen sind die Quelle der Tränen; die Quelle ist versiegt, die Augen sind trüb, nur der Glaube verlieh ihnen Leben, aber man belebt nicht wieder, was zu Asche geworden ist. Beim Gehen sind unsere Augen auf unsere Stiefel gerichtet. Wenn Augen uns schön erscheinen, dann, weil sie den Glanz der Lüge haben, weil sie sich an ein Porträt erinnern, an einen Museumsblick, bei dessen Anblick sie sich nach der Vergangenheit sehnen.«

Aufrecht in der Mitte des Zimmers stehend, schloss ich meine Lektüre mit lauter Stimme, ich hatte so viel hineingelegt, dass ich außer Atem war. Charlotte lag ausgestreckt auf dem Bett und betrachtete mich schweigend. In der Hand hielt sie eine Frauenzeitschrift. Auf dem Titelbild lächelte grundlos eine junge blonde Frau in einem blauen Bikini.

»Worauf willst du hinaus?«, fragte sie mich ruhig.

»Ihr versteht es nicht zu sehen«, antwortete ich. »Ihr versteht es nicht mehr zu sehen, Jean Lorrain hat es bereits vor mehr als hundert Jahren geschrieben.«

»Dass du dem Kerl auf dem Porträt gleichst? Sprichst du davon? Wenn es dich glücklich macht«, seufzte sie und wandte sich wieder ihrer Zeitschrift zu.

Ich hatte die Schlagzeile auf dem Titelblatt entziffert: *Meine Brüste und ich*.

Jean Lorrains Prosa hatte in keiner Weise das Interesse meiner Frau geweckt. Ich fühlte mich verhöhnt und war drauf und dran, sie zu fragen, ob das alles sei, was ihre Brüste und sie zu meinem Porträt zu sagen hatten, als Charlotte den Kopf hob.

»Übrigens, wie viel hast du für das Bild bezahlt?«

»Mit Gebühren 11760 Euro.«

An den Ehekrach, der folgte, erinnere ich mich nur vage. Wenn ich daran zurückdenke, sehe ich die Decke meines Wohnzimmers vor mir.

Charlotte stieg energisch aus dem Bett, um

ins Wohnzimmer zu gehen, als ob das Porträt ebenfalls Zeuge dieser Szene sein sollte. An einem Punkt verdrehte sie die Augen zum Himmel, bevor sie weiterbrüllte. Ich dachte darüber nach, dass der Ausdruck »die Augen zum Himmel verdrehen« hier besonders passend war. Ein paar Jahre zuvor hatte ich die Decke unseres Wohnzimmers von einem Künstler des Nationalmuseums bemalen lassen. Über den von ihm gezeichneten Himmel zogen kleine Kumuluswolken, die sich zu den Zierleisten hin ins Rosarote färbten. Ein Traum. Alle 500er-Scheine aus dem geheimen Tresor waren damals dafür draufgegangen. An jenem Abend wünschte ich mir, dass die Decke sich verändern, die Wattewolken sich in riesige dunkle Massen verwandeln, dass der Donner krachen und ein Blitz auf diese Frau niederfahren würde, die mich anschrie.

Der Preis des Bildes, Charlottes Vorwürfe und ihr Gekreische angesichts meiner Leichtfertigkeit beim Bieten waren unwichtig. Sie hatte nicht gesehen, was mir gleich im ersten Moment ins Auge gesprungen war, die Ähnlichkeit zwischen der abgebildeten Person und mir. Charlotte sah mich nicht. Das war die einzige Erklärung. Wie lange war ich schon unsichtbar in ihren Augen und in denen der anderen?

Im nächsten Augenblick riss Charlotte mir das Buch aus der Hand. Sie drehte es um und las laut, in triumphierendem Ton, die Kurzbiographie des Autors:

»›Jean Lorrain, geschminkter Dandy, Homosexueller, Pyromane; er ist der Chronist der Dekadenz.‹ So sieht also deine Lektüre aus!«, fügte sie hinzu, bevor sie fortfuhr und meine Leidenschaft für Dinge und den Ruin mit den Sitten von Onkel Edgar in Verbindung brachte, von denen ich ihr unvorsichtigerweise erzählt hatte.

Die kalte Distanziertheit, die in den folgenden Tagen zwischen uns herrschte, erreichte ihren Höhepunkt, wenn es Zeit war, zu Bett zu gehen. Ich begehrte sie überhaupt nicht mehr. Ich sah in ihr nur eine Rivalin, einen Geist, der sich letztlich immer schon geweigert hatte, sich auf mich einzulassen. Kurzgesagt, einen Feind. Als ob sie von dem neuen Status wüsste, den sie in meinen Augen einnahm, stellte Charlotte ihre Truppen zusammen und rekrutierte dabei in unserem Freundeskreis.

»Zeig ihnen dein Porträt!«, tönte sie während eines Aperitifs oder Abendessens.

Dann wiederholte sich die gleiche Szene:

»Pierre-François findet, dass dieses Bild ihm ähnelt ...«

Eines Morgens brachte ich mein Bild ins Büro. Nachdem ich eine halbe Stunde lang einen Hammer, einen Nagel und eine Zange gesucht hatte, riss ich den Haken heraus, der seit zehn Jahren das alte Leinwandplakat der Transatlantischen Schifffahrtsgesellschaft hielt. Auf einem wackeligen Hocker stehend, war ich schließlich dabei, mein Porträt aufzuhängen, als Chevrier meine Tür aufstieß. Verschwitzt und puterrot drehte ich mich zu ihm um.

»Wer ist das?«, fragte er unschuldig.

Ich entschied, die Transatlantische Schifffahrtsgesellschaft wieder an ihren Platz zu hängen, und brachte das Pastellbild zurück in die Wohnung.

Einige Tage danach stand ich mitten in der Nacht auf, um ein Experiment zu wagen, das mir in den Sinn gekommen war, als ich kurz davor war einzuschlafen. Und wenn dieses Pastell nur mit mir sprach? Vielleicht enthielt es irgendwelche geheimen Schwingungen, die wie ein Schutzschirm den Blick der anderen blendeten.

Ich legte das Porträt flach auf das Parkett im Arbeitszimmer. Im Schlafanzug und auf allen vieren versuchte ich, ein Pendel über dem Pastell kreisen zu lassen. In Richtung des Uhrzeigersinns oder dagegen? Es war mir unmöglich, mich an die Grundregeln zu erinnern. Als ich den Kopf hob, sah ich, wie Charlotte mich schweigend durch den Türspalt beobachtete.

»Versuch es mit einem Guéridon«, sagte sie in neutralem Ton, bevor sie wieder ins Bett ging.

Diese Idee des Okkulten schien mir nicht so dumm. Ich begann, ein dickes Buch durchzublättern, das ich während meiner Zeit an der Universität gekauft hatte. Eine späte Ausgabe des 19. Jahrhunderts, die aber buchstabengetreu die Rezepte und deren magische Zubereitung von Hexen und anderen Magiern aus den Provinzen enthielt. Das dem »Zaubertrank der Klarsicht« gewidmete Kapitel zog meine Aufmerksamkeit besonders auf sich. Es führte alle Zutaten auf, die man mischen musste, um einen anderen sehen zu lassen, was dessen Gehirn sich weigerte zu erkennen. Genau das war es, was ich brauchte.

»Das Blut einer Fledermaus, ein Apfel, gepflückt von einem noch unberührten jungen Mann, der Staub von den Krallen einer Ratte, eine Eulenfeder. Alle Bestandteile zermahlen und vor dem Trinken sieben Tage und sieben Nächte in Met einlegen.«

Da die doch wenig geläufigen Zutaten in meinem Supermarkt schwer zu finden sein würden, und da es gleichermaßen heikel sein würde, meinen Obst- und Gemüsehändler über sein Sexualleben auszufragen, wollte ich mich mit einem Zitronenwasser mit Schmetterlingen und Einhornpulver begnügen, das weniger schwierig zu realisieren sein würde. Das Einhorn war tatsächlich nur das Horn eines Narwals, und ein solches lag zufällig in meinem Arbeitszimmer. Die erwähnten dreizehn Schmetterlinge könnte ich leicht meiner Sammlung entnehmen. Die Zubereitung schien mir einfach zu sein, und ich fasste den Entschluss, Charlotte und den nächsten Besuchern, die über die Schwelle unserer Wohnung traten, heimlich das Getränk unterzuschieben, als ein kleines Detail meinen Blick anzog: Die Schmetterlinge mussten lebendig sein, bevor sie in den Topf wanderten. Angesichts der äußerst begrenzten Fauna der Stadt lief die Jagd auf die dreizehn Schmetterlinge Gefahr, schnell vorbei zu sein, selbst auf mehrere Jahre angelegt.

Schließlich gab ich sowohl meine kulinarischen Experimente als auch den Versuch auf, meine Umgebung zu überzeugen.

*

»Geh doch dein Bild holen, Pierre-François.«

»Nein.«

»Warum nicht?«

»Meine Sammlung geht nur mich etwas an. Ich teile nicht«, antwortete ich an jenem Abend schroff und stürzte meinen Orangensaft hinunter.

Unsere Gäste und meine Frau betrachteten mich still, bevor einer von ihnen schüchtern fragte:

»Und deine Arbeit? Womit beschäftigst du dich gerade?«

Ich lieferte eine Zusammenfassung zum Durit BN-657, der mir herzlich egal war. Meine ganze Aufmerksamkeit war dem Wappen gewidmet. Ich verbrachte meine Abende im Internet, wo ich Hunderte Seiten zur Wappenkunde bis ins letzte

Detail durchforstete. Wie ein Detektiv auf der Suche nach mir selbst und mit der Hartnäckigkeit eines einsamen Seefahrers inmitten eines Sturms verfolgte ich die Spur zurück.

Das Wappen, das mein Porträtbild zierte, war zu einer wahren Besessenheit geworden. Es war der Schlüssel der Figur, fast seine DNA. Auf der linken Seite befand sich eine schwarze Katze auf den Hinterbeinen, die einem mittelalterlichen Schwert zugewandt war, dessen Klinge in den Himmel ragte. Auf der rechten Seite eine Art Karotte von menschlicher Gestalt. Die Katze und das Schwert waren auf weißem Grund, das Gemüse auf schwarzem. Je länger ich sie betrachtete, desto deutlicher schien mir die Katze Magie auszuüben. Die Pfoten, die sie vor sich hielt, sahen aus, als würden sie weiß Gott welche Macht über das Schwert haben und es durch reine Willenskraft in die Luft heben. Am Abend, als ich das Wappen mit einem verglich, das ihm dürftig ähnelte und das ich in den 457 Seiten der Webdatei

»Wappenschilder französischer Adelshäuser« gefunden hatte, hörte ich Charlottes Stimme aus dem Esszimmer. Seit einigen Tagen bemerkte ich im Tonfall meiner lieben Gemahlin eine leichte Tendenz ins Schrille.

Es stimmte, dass ich nun meine Abende vollständig damit verbrachte, ausgestreckt auf dem Sofa im Wohnzimmer zu liegen und Seite für Seite Nachschlagewerke und Dokumente aus dem Internet zurate zu ziehen. Als Charlotte ins Zimmer kam, hob ich die Augen nicht vom Blatt. Ich sah nur ihre Beine: ein missbilligender Gang, verärgerte Knöchel.

»Essen ist fe-hertig!«, schrie sie zum dritten Mal.

Ihre Stimme musste unmerklich den Kristallleuchter zum Zittern gebracht haben, den ich fünf Jahre zuvor an einem Sommernachmittag auf einem Flohmarkt aufgestöbert hatte. Ich schob verächtlich meine schnurlose Maus von mir und begab mich ins Esszimmer, da es in genau diesem Augenblick anscheinend im Diesseits das Allerwichtigste war, Avocado in Vinaigrette zu essen.

»Kommst du mit deinen Nachforschungen voran?«, fragte sie in zuckersüßem Ton.

»Nein, sie stagnieren«, antwortete ich griesgrämig.

»Wir werden nie herausfinden, wer das ist«, sagte sie, während sie ein Stück Avocado verschlang.

»Doch, wir werden es bald wissen, das schwöre ich!«, entgegnete ich etwas zu theatralisch, was bei Charlotte für ein Glucksen sorgte.

Ihr hohes Lachen stieg zur Decke, und ich warf schnell einen prüfenden Blick auf das Gehänge meines Leuchters.

Wie das Öl auf meiner Avocado, das auf der Oberfläche der dicken Vinaigrette schwamm, weigerte sich irgendetwas beharrlich, sich mit meiner Existenz zu vermischen. Das war es, was ich so hartnäckig suchte, eine Vermischung, einen alchemistischen Zauber, der die Zusammensetzung ändern würde, wenn nicht das Leben selbst. Seit drei Wochen setzte ich alle Gehirnzellen, die ich hatte – es mochten gut hundert Milliarden sein –, ein, um einen Namen zu dem unbekannten Wappen zu finden.

»Iss deine Avocado.«

Ich machte den Fehler, einen Seufzer auszustoßen und ein verärgertes Gesicht aufzusetzen.

Charlotte stürzte sich auf den Schmollmund

und die wenigen Deziliter Luft, die ich aus meinen Lungen ausgestoßen hatte, wie ein Mungo auf die Schlange.

»Sie schmeckt wohl nicht, was?!«, rief sie herausfordernd.

»Doch, doch, sie ist sehr gut ...«, versuchte ich sie sofort zu beruhigen. »Sie ist wunderbar, und wie du sie mit diesem Stern aus Zitrone und Paprika angerichtet hast ist ... exquisit.«

»Exquisit«, murmelte sie in giftigem Ton, als ob es sich um eine Beleidigung handelte.

Sie legte ihre Silbergabel weg und schaute mir direkt in die Augen. Die zu lang unterdrückte, stumme Wut brach aus ihr heraus.

»Ich habe keinen Hunger und keine Lust mehr!«, schrie sie. »Du kannst alleine essen, Pierre-François Chaumont!«

Dieses Mal musste ich nicht einmal mehr zum Kristall des Leuchters schauen, um den Geräuschpegel zu schätzen. Ich setzte an, um mit einem beruhigenden Satz in neutralem Ton zu antworten, wie es alle Männer tun: »Aber mein Schatz, lass uns doch ...« Ich hatte nicht die Zeit. Schon schlug die Tür des Schlafzimmers zu, um sofort mit den Worten wieder aufzugehen:

»Du holst die Wachteln raus.«

Die Tür wurde erneut geräuschvoll geschlossen und ließ der Stille und dem leisen Sirren der Festplatte Raum.

Kurz darauf holte ich vier gut durchgebratene Wachteln aus dem Ofen. Die Vögel hatten noch ihren Kopf. Als sie so im Profil vor mir in der Tonform lagen, betrachtete ich sie neugierig. Vier Wachteln, Seite an Seite, leicht versetzt, den Schnabel nach Westen gerichtet. Gab es ein Wappen mit vier Wachteln?

Waren es die Wachteln in Pommeau oder der köstliche Burgunder? Ich hatte Lust, mit Charlotte zu schlafen – trotz unserer Auseinandersetzung beim Essen. Und war es im Übrigen nicht die beste Methode, um sich wieder zu vertragen? Da der vorausgegangene Streit sogar für eine gewisse Erregung gesorgt hatte, näherte ich mich im Dunkeln auf leisen Sohlen dem Bett. Noch mehr als mit ihr zu schlafen, hatte ich in jener Nacht Lust, die junge Frau von der Uni wiederzufinden.

Wo war sie hin, diese Charlotte, die lange Haare und im Sommer ein Tuch um die Stirn trug, die für unsere kleine Clique von der Uni zu einem unschlagbaren Preis Reisen in weitentfernte Gegenden organisierte, Afghanistan, Jordanien, Jemen, Sahara. All das war zu Ende, alle hatten geheiratet, alle hatten Kinder. Die Zeit für Freunde und Reisen war vorüber. Charlotte hatte ihre Haare abgeschnitten. Sie war nicht mehr die ungezwungene und begeisterungsfähige Frau, die ich geheiratet hatte, und doch war sie es, die ich Lust hatte, für einen kurzen Augenblick wiederzufinden.

»Was tust du?«

»Ich streichle dich«, sagte ich mit sanfter Stimme, »ich streichle deine Brüste ... die mir gehören«, fügte ich mit lüsterner Ironie hinzu.

»Lass mich in Frieden«, antwortete sie und drehte sich weg.

»Und wenn ich keine Lust habe, dich in Frieden zu lassen«, hakte ich, immer noch im gleichen Tonfall, nach.

»Ach, es reicht ... Hast du wenigstens die Wachteln gegessen?«

Ich stieg aus dem Bett und betrachtete Charlotte, die Augen inzwischen an das Halbdunkel gewöhnt. Ich schaute auf ihren Nacken und Rücken – ein gewaltiger kalter Fisch lag zwischen meinen Laken, ganz eisige Sirene, feindlich, frigide. Was hatte ich mir dabei gedacht, mit ihr schlafen zu wollen? Seit einem Monat, wenn ich es mir eingestand, begehrte ich sie überhaupt nicht mehr. Dabei hatte ich sie doch geliebt, diese Frau, ich hatte ihren Körper geliebt, ihre Beine, ihre Brüste und die Röte, die an ihrem Hals entlanglief, wenn sie kam. Konnte Liebe plötzlich aufhören, nur wegen eines Missverständnisses?

War alles, was wir zusammen erlebt hatten, nur ein Missverständnis? So wie ein gekaufter, geliebter und in Ehren gehaltener Gegenstand, bei dessen Anblick man sich über Jahre vorgestellt hat, welch unruhige Zeiten er durchlebt hatte – den Hundertjährigen Krieg, die Französische Revolution, die Belagerung Moskaus –, bevor man eines Morgens feststellt, dass es sich um eine gewöhnliche Kopie handelt, die vor gerade mal zehn Jahren hergestellt wurde.

Hatte ich das falsche Leben gewählt? Was war dieses Leben als Anwalt? Wenn ich darüber nachdachte, verbrachte ich letzten Endes die meiste Zeit damit, mit den Patenten den Fortschritt der modernen Zeit zu verteidigen, ich, der ich nur die Vergangenheit mochte. Verräter der eigenen Überzeugungen. Hochstapler. Ich hätte Antiquitätenhändler werden sollen, meine hervorragende Veranlagung ausnutzen, die *École du Louvre* besuchen, Urkunden ausstellen sollen, Museumskurator werden, Kunstjournalist, Händler auf der Biennale, hätte die kalifornischen Milliardäre an die Hand nehmen und ihnen etwas über den zarten Leib bei Fragonard erzählen sollen, ihnen, die nur das Chrom der Cadillacs kannten.

Und meine Frau? Hatte ich mich in der Frau geirrt? Was wollte diese Gemahlin nur von mir, die sich mir verweigerte, die über meine Recherchen lachte und meine ganzen Schätze, um die mich so mancher Inneneinrichter beneidet hätte, in einen einzigen Raum der Wohnung verbannt hatte? Ich kam zu dem Schluss, dass Charlotte mich mit Freuden ebenfalls in mein »Arbeitszimmer« geschoben hätte. Sie müsste nur noch den Schlüssel im Türschloss herumdrehen, um mich los zu sein. Vielleicht war ich im Grunde nur ein wert- und lebloser Gegenstand in ihren Augen? Ein Gegenstand, der sperriger war als die anderen, ein Gegenstand, der sprach, seufzte, sie anfassen wollte.

Da mir schwindelig wurde, setzte ich mich wieder vor den Computer. Was hatte ich all die Jahre getan? Vielleicht hatte ich schon immer neben einem Pulverfass gesessen und es geduldig gefüllt. Es fehlte nur noch die Zündschnur, um mein Leben in die Luft zu jagen. Sie war aufgetaucht, seit drei Wochen hatte ich sie jeden Tag vor Augen. Das Objekt all meiner Pein: das Porträt mit dem unentzifferbaren Wappen. Seit es da war, fühlte ich, wie meine Existenz sich so unaufhaltsam auflöste wie ein Stück Zucker in Wasser.

Ich griff wieder nach meiner Maus. Der Bildschirmschoner, für den ich ein Schwarz-Weiß-Foto von Sacha Guitrys Wohnzimmer heruntergeladen hatte, verschwand, und an seine Stelle trat die mit Wappen übersäte Internetseite. Ich klickte, um weiterzublättern.

In der Mitte der nächsten Seite erschien eine Art dreieckiges Schild: eine Katze, ein Schwert, eine Karotte in Menschengestalt. Ich fuhr mit dem Cursor über das Wappen und klickte erneut. Diese einfache Handlung verbreitete das Virus, das als einziges fähig war, meine bis dahin bestehende Existenz zu zerstören.

http://www.herald-defranc.org/index_f.tm/trad.
html-87k-france-bourgogne-dom/de/m@andragore

Mandragore
Die Blutlinie des Adelsgeschlechts der Mandragore geht zurück bis ins 12. Jahrhundert, der Name der Familie und des Besitzes ist auf eine Pflanze zurückzuführen. Man findet sie manchmal in den Weinbergen von Mandragore. Für mehr Informationen klicken Sie auf: *Mandragora, die Pflanze.*

Mandragora, die Pflanze: lat. *mandragoras*
Pflanze aus warmen Gegenden, dessen knotige und geteilte Wurzelknolle an die menschliche Gestalt erinnert. Man schrieb der Mandragora, auch Alraune genannt, einst eine magische Wirkung zu und benutzte sie bei Hexereien.

Das war es also. Die Karotte in Menschenform auf dem Wappen dieser Familie symbolisierte die Hexenpflanze. Es war lange her, dass ich von der geheimnisumwobenen Mandragora gehört hatte, und ich hatte nicht einen Moment lang geglaubt, dass sie der Schlüssel für das Wappen sein könnte.

»Der Kreis schließt sich«, murmelte ich.

Ich fühlte auf unbestimmte Weise, dass in dieser Nacht, während Charlotte unter der Decke lag, für mich alles an seinen Platz rückte. Übrigens, war diese Nacht nicht sogar eine Vollmondnacht, eine, in der man der Legende nach die magische Pflanze ausgraben soll? Ich stand auf und schob die Gardine im Wohnzimmer beiseite. Wenn Vollmond war, versteckte er sich.

Wappengeschichte der Rivaille-Mandragore de Villardier
Beschreibung des Wappens: »geteilt, heraldisch links schwarz mit goldener Mandragora und heraldisch rechts grau mit steigender Katze, gezeichnet in der Art der Ersteren, bewaffnet und gezungt, in ihren Pfoten ein langes Goldschwert haltend«,

Wahlspruch »Nul autre que moi«, Kein anderer als ich, Schlachtruf »innocent«, unschuldig, eingefasst von zwei Löwen, Grafenkrone.
Bei der Rückkehr von seinem fünften Kreuzzug brachte Aymeric de Rivaille, Graf von Villardier, burgundischer Adelsherr, aus den weitentfernten Gegenden, in denen er gewesen war, Setzlinge der Mandragora mit. Nachdem er sich in Palästina verletzt hatte, wurde er durch den Extrakt der Pflanze, der man anästhesierende Wirkung zusprach, geheilt. Obwohl sie zu jener Zeit bereits als bösartig galt, erhielt er die Erlaubnis der Heiligen Kirche, sie auf seinem Land anzubauen, um seine Behandlung fortzusetzen. Noch heute findet man einige Ableger der Mandragora auf dem Weinberg der Rivaille. Über die Jahrhunderte verkümmert, besitzen die Wurzeln jedoch nicht mehr die beeindruckende Größe von damals. Das Weingut der Rivaille erhielt den Namen der Mandragora, und die Familie nahm die seltsame Bezeichnung als Familiennamen an. Dies repräsentiert die »heraldisch linke« Seite des Wappenschildes.
Die Symbolik der Katze, die den »heraldisch rechten« Teil des Wappens einnimmt, ist schwieriger zu deuten. Die Katze ist, wie die Mandra-

gora, eine seltene Figur in der Wappenkunst, bei der leopardierte Geparden und Löwen sowie gelöwte Leoparden bevorzugt werden. Die Katze der Rivaille wird außerdem als »bewaffnet und gezungt« beschrieben, Bezeichnungen, die normalerweise Löwen zugeordnet werden, und die bedeuten, dass diese schwarze Katze (»elfenbeinschwarz«) eine rote Zunge und rote Krallen hat. Es existieren zahlreiche sich widersprechende Varianten der Legende ihres Ursprungs. Wir wollen die gängigste festhalten: Henri de Rivaille (1540–1583) wurde eines Tages, als er über sein Land ritt, von einem Gewitter überrascht. Sein Pferd, verängstigt durch den Donner, ging durch, und er verdankte sein Heil ausschließlich einer Katze. Die Katze saß geduckt auf dem Ast eines Baumes, der am Wegrand stand, und erschrak beim Anblick des feurigen Rosses. Sie stellte ihr Fell auf und miaute so laut, dass das Pferd augenblicklich in seinem wilden Lauf innehielt. Henri de Rivaille erkannte im Gebaren der Katze die Hand Gottes, die, indem sie das zügellos rasende Pferd stoppte, ihm das Leben rettete. Die Katze wurde vom Grafen aufgenommen. Auf den Listen aus dieser Zeit, die das Dienstper-

sonal und die Bewohner des Gutes aufführten, taucht öfters der Name »Innocent« auf, der auch als Schlachtruf über dem Familienschild steht. Es könnte sich bei Innocent um den Namen der Katze handeln.
Henri de Rivaille ließ anschließend einen Erlass für seinen Grund und Boden verkünden: Es wäre von nun an verboten, eine Katze zu verfolgen, zu jagen oder zu töten. Wer bei einer dieser Taten gefasst würde, würde mit dem Tode bestraft. Er ließ außerdem sein Wappen neu zeichnen. Deutlich sind die Katze, die Mandragora seines Vorfahren und das Familienschwert festgehalten. Allein das Schwert stammt von dem alten Rivaille-Wappen, den ersten Waffen des Geschlechts der Rivaille, die »Blau mit Silberschwert, pfahlweise blasoniert«, das heißt vertikal, sind. Die Position der »steigenden«, aufrecht auf den Hinterbeinen stehenden Katze kann wie folgt interpretiert werden: Die Katze rettet das Schwert des Adelsgeschlechts, seine Macht, seinen Ruhm und seine Nachkommen, und schützt für immer und ewig die Ländereien der Mandragore.

Wein
Clos Mandragore, Premier cru »Les esprits«

Seit Aimé-Charles de Rivaille nach dem Tod seines Vaters im Jahr 1998 dessen Nachfolge angetreten hat, hat er gewaltige Investitionen getätigt, um den Weinkeller wiederaufzubauen und neue Gerätschaften zu kaufen. Die Qualität seiner Weine, die von den besten Parzellen der Gemeinde von Chassagne-Montrachet stammen, hat sich seitdem stets verbessert. Der rote Chassagne ist von intensiver rubinroter Farbe. Sein Duft mit Aromen von saftigen dunklen Beeren setzt die ganze Reife der Traube frei. »Cassis-Himbeere« mit einer leicht holzigen Note, sehr dezent und rund. Der dichte und äußerst betörende Mund zu Beginn hat ein ausgewogenes Geschmacksbild (Früchte, Tannin, Alkohol), ist rassig, elegant und fruchtig. Ein vielschichtiger und sehr harmonischer Chassagne.

Das Schloss
Das Château de Mandragore ist ein regelmäßiges, symmetrisches Gebäude im typischen Stil des französischen Klassizismus: ein Hauptgebäude mit

reichverziertem Frontgiebel und zwei anhängende Seitenflügel mit Ziegeldach. An jedem Ende ein großer runder Turm mit Schieferdach. In der Verlängerung des Westturms befindet sich ein Stallgebäude mit dem Wappen des Mandragore-Geschlechts. Es ist heute nicht mehr in Gebrauch und steht gegenüber eines Trinkbrunnens. Um den Komplex verläuft ein breiter Wassergraben, der in zwei Bassins übergeht, davor befindet sich ein mehr als ein Hektar großer Hof mit einem Rosengarten, der von Hubert-Félix de Rivaille 1882 angelegt wurde. Diashow anschauen (12 Fotos).

Als ich die Augen öffnete, sah ich das Schwarz-Weiß-Foto von Sacha Guitrys Wohnzimmer vor mir. Der Bildschirm war im Ruhemodus. Wie lange hatte ich geschlafen? Im Geiste sah ich noch die Bilder der Diashow: ein gewaltiges Gebäude mit weißen Mauern und einem Dach aus Tonziegeln, wie über dem Wasser schwebend, dann ein runder, massiver Turm umsäumt von grünem Gras, einen Rosengarten von der Größe eines Parks, bunte, in Sonnenlicht getauchte Blüten. Im Innern waren die mit rotem Stoff bespannten Wände mit Gemälden in vergoldeten Holzrahmen bedeckt, außerdem gab es einen Kristallleuchter, Teppiche, Sessel und Bänke im Louis-quinze-Stil.

Oben rechts im Bildschirm: zwölf Minuten nach fünf. Eine leichte Brise strich mir übers Gesicht, ich hatte das Fenster gekippt, um etwas Luft zu bekommen. Die morgendliche Ruhe wurde nur von dem Gesang einiger Vögel unterbrochen, die ich hören, aber nicht sehen konnte. Ich hatte nie darauf geachtet, dass es in der Stadt so viele Vögel gab, fühlte im Licht des beginnenden Tages, in der Stille und beim Zwitschern der unsichtbaren Tiere eine seltsame Harmonie. Um diesen friedlichen Zustand noch weiter auszukosten, beschloss ich, ein paar Schritte auf dem Boulevard zu gehen.

Meine Füße hatten mich bis zum Zaun des Monceau-Parks getragen, und ich ging an ihm entlang bis zur Kreuzung am Boulevard de Courcelles. Auf dem Bürgersteig gegenüber führte ein älterer Mann seinen Basset artésien spazieren. Ich fand, dass es für einen Spaziergang recht früh war. Vielleicht litt der alte Mann an Schlaflosigkeit und nun, osmotisch, auch der Hund. Ich dachte an unseren Hund Arthur und seinen Nachfolger zurück, an den Radiergummi-Fall. Mit größter Gelassenheit reihte ich in meiner Erinnerung Fragmente aus der Vergangenheit aneinander. Ich sah die Amphitheater der Universität für Rechtswissenschaften, sie waren wie ausgestorben. Wie ausgestorben und still auch mein Büro in der Rue de la Grange-Batelière. Ich nahm das blinkende rote Lämpchen eines Faxes wahr. Bei jedem Schritt drängten sich weitere dieser Bilder auf, nicht wirklich belebt, nicht wirklich starr – kurze Stücke eines Super-8-Films, in vollkommen willkürlicher Reihenfolge aneinandergeklebt.

Erstaunlicherweise sah ich mich selbst auf keinem dieser Bilder. Weder mich noch Charlotte, weder meine Mitarbeiter oder meine Mandanten noch die Menschenmenge im Auktionssaal oder auch einfache Passanten, die durch die Fotogramme gelaufen wären. Kein menschliches Leben, wie nach einem gewaltigen Exodus, einem atomaren Krieg.

Draußen vor einem Bistro am Boulevard de Courcelles trank ich einen Espresso. Ich war der einzige Kunde, und der Kellner stellte die Stühle und Tische auf die Terrasse, ohne mir Beachtung zu schenken. Von Zeit zu Zeit fuhr ein Auto vorbei, und ich bemerkte, dass das Geräusch der Reifen auf dem Pflaster in der morgendlichen Stille ein ganz anderes war. Es hatte etwas von einem Wasserfall. Dann nichts mehr. Auch der Boulevard de Courcelles war wie ausgestorben, kaum mehr als fünf oder sechs Anwohner schien es im ganzen Arrondissement noch zu geben. Den Kellner des Cafés, mich, die Frau hinter dem Tresen, den Mann in dem Auto, das sich bereits zum Place des Ternes entfernte ... So war es viel besser. Das Wesentliche blieb, das im Leben Überflüssige war über Nacht vernichtet worden, wie von Zauberhand.

»Ende der Welt – Anfang der Welt«, diese beiden Formulierungen hatte ich im Kopf, und ich wusste nicht, welche besser zu diesem Morgen passte.

Ohne es zu wissen, verschwand ich bereits.

*

Ich öffnete lautlos die Wohnungstür und schloss sie vorsichtig wieder. Ich ging über das Parkett im Wohnzimmer, darauf achtend, dass die Dielen nicht knarrten. Warum tat ich das? Was gab es Normaleres, als seine Haustür aufzuschließen und sich im eigenen Heim auf das Sofa zu setzen? Dies war eigentlich sogar eine eher beruhigende Handlung. Ich war jedoch nicht beruhigt, sondern bewegte mich in meinem eigenen Zuhause wie ein Dieb. Ich wollte nicht, dass Charlotte wach wurde, wollte mich nicht rechtfertigen. Ich trug das Porträt in mein Büro und legte es flach auf den Boden. Aus einem Schrank holte ich eine breite Rolle Luftpolsterfolie – ein Geschenk des Verpackungsdienstes bei Drouot –, wickelte das Porträt ein und klebte die Ränder sorgfältig zu. Auf dem Parkplatz, wenige Minuten später, schob ich das Porträt hinter den Vordersitz meines Jaguars. Ich schloss die Türen und setzte mich hinters Steuer. Ich wollte es wissen. Ich musste die Quelle finden, ich würde das Rätsel vor Ort lösen, da war ich mir sicher.

Als ich aus Paris herausfuhr, spielte das Radio die ersten Töne von *Melody*. Bassakkorde wie zerplatzende Seifenblasen, dann die Stimme des Sammlers aus der Rue de Verneuil, rein und hypnotisch, die beginnt, ein seltsames Gedicht herunterzubeten: »Les ailes de la Rolls effleuraient les pylônes ...«

Ich fuhr zwar keinen Rolls-Royce und kam auch an keinem Mast vorbei, den ich der Liedzeile nach streifte, hatte jedoch das Gefühl, meine Existenz ein letztes Mal zu streifen. Bei hundertachtzig Stundenkilometern lösten die wenigen Mikrometer, die das Gummi meiner Reifen vom Asphalt trennten, mich von der lauwarmen Straße, die mein Leben gewesen war. Ich hob ab.

Der Rauch meiner Benson Gold durchzieht in Schwaden das Kerzenlicht. Die Hitze hinterlässt nun ein paar Schweißtropfen auf meiner Stirn, und ich denke darüber nach, dass ich eine Minibar in der Halle installieren müsste, um dort Eiswürfel für meinen Whisky aufzubewahren. Wenn der Sommer in eine Hitzewelle übergeht, wird es mir bald nicht mehr möglich sein, meine Sammlung zu besuchen, ohne ein Feuer zu riskieren. Ich erhebe mich und gehe zu einem Gegenstand, für den ich immer noch keinen zufriedenstellenden Platz in meinem improvisierten Kuriositätenkabinett gefunden habe: eine Likörschatulle aus Rosenholz. In der Mitte seiner feinen Intarsie, genau über dem Einsatz für das Schloss, ist eine Kupferkartusche angebracht, auf der *Lord Byron, Venezia* steht.

Mein Blick fällt auf den schweren schwarzen Mantel, der nun auf einem Bügel hängt, und lächelnd trinke ich den letzten Schluck Whisky.

»Eines Tages wirst du erwachsen sein und wirst meinen alten Mantel tragen. Ich weiß, dass er dank dir, mein lieber Neffe, in der Stadt der verlorenen Dinge weiterleben wird. Gute Jagd!
Deine alte Tante Edgar.«

Der Notar hatte dies mit hochgezogenen Augenbrauen verlesen. Meinen Eltern war die Luft weggeblieben, ich dagegen hatte heimlich gelächelt. Ich war dreizehn Jahre alt. Onkel Edgar, von dem wir seit Jahren nichts mehr gehört hatten, war gestorben und hatte mir alles hinterlassen, was ihm geblieben war: seinen Mantel.

An einem Samstag im Dezember, ich war inzwischen einen Meter vierundachtzig groß, holte ich den Mantel meines Onkels hervor und legte ihn mir über die Schultern. Es ging ein starker Wind an jenem Morgen, und der schwarze Umhang wehte knallend durch das Labyrinth des Flohmarkts, dieser »Stadt der verlorenen Dinge«, in der er seit langem nicht mehr gewesen war. Ich war neunzehn, und in meiner Brieftasche befanden sich 600 Franc in bar. Nach langem Handeln ging ich die Allées de Vernaison zurück, mit zwei Baisers-de-paix aus dem 16. Jahrhundert, flache Platten aus Bronze in Form eines Bügeleisens, die Gläubige beim Abendmahl küssen. Eine Stunde später verkaufte ich sie in einem Café für das Zehnfache des Kaufpreises an einen Händler weiter. Mit dem Geld kaufte ich ein Objekt, das mich am selben Vormittag angezogen hatte, aber meine Mittel überstieg: eine Likörschatulle aus Rosenholz. Auf seinem fein ziselierten Kupferschild war zu lesen: *Lord Byron. Venezia.*

Eine Extravaganz des abenteuerlichen Dichters war es, während seiner Aufenthalte in Venedig in den Lido zu springen und durch die Lagune bis zum Palazzo seiner Mätresse zu schwimmen. Wenn er tropfend aus dem Wasser stieg, legte er sich gelassen auf eines der Sofas aus Fortuny-Stoff, öffnete seine Likörschatulle und schenkte sich einen Cognac ein. Womöglich legte er den Kopf nach hinten und sein Blick verlor sich in den Fresken des venezianischen *Settecento*. Schließlich gab er der Schönen einen nach Alkohol und salzigem Lagunenwasser schmeckenden Kuss.

»... bewahren die Erinnerungen derjenigen, die sie besessen haben.«

Am selben Abend noch hatte ich mir Cognac in eines von Byrons Gläsern eingeschenkt, mein Blick war nach oben, zu der weißen Decke meines Zimmers gewandert. Keine Lagune, keine Wolkendecke, keine Mätresse erhellte mein tristes Dasein als Jurastudent. Aber eines Tages würde sich die Decke mit Wolken und Nymphen füllen, und ein zartes Mädchen würde mir seine Brüste darbieten. Davon war ich überzeugt.

Ich führe meine Hand zum schwarzen Stoff des Mantels, auch er ist brennend heiß. Ich denke darüber nach, ein Thermometer mitzubringen, um die genaue Temperatur der Lagerhalle am Nachmittag zu messen. Fünfundvierzig Grad, schätze ich, vielleicht sogar fünfzig. Seit mehr als einem Jahr bin ich hier, in Rivaille, auf dem Grund und Boden der Mandragore.

Seit mehr als einem Jahr bin ich der Graf von Mandragore.

II

Der Abwesende

Nach drei Stunden und vierzig Minuten Fahrt hatte ich meinen Jaguar auf dem kleinen Dorfplatz zum Stehen gebracht. Rivaille. An diesem Vormittag war wenig los, ein alter 4L, ein Clio und ein Lieferwagen. Ich stieg aus dem Auto und atmete die frische Luft ein. Erst wenn man aufs Land fährt, merkt man, wie schmutzig, vergiftet und obendrein abstumpfend die Atmosphäre in Paris ist. Ich drehte den Kopf von rechts nach links, streckte meine Arme, dann schloss ich das Auto ab und ging auf das nächstbeste Café zu – *Zur Grünen Stute*, Lotto-Tabakwaren. Ich würde dort einen doppelten Espresso und ein Croissant zu mir nehmen und dann nach dem Weg zum Schloss fragen.

Ich stieß die Tür des Bistros auf. Ein paar Stammgäste, die wie gewohnt bereits am Vormittag ein Glas Weißwein oder ein kleines Bier tranken, hoben die Köpfe. Als ich mich auf den weißen Metallrand des Tresens stützte, richtete sich der Wirt, ein dicker kahlköpfiger Mann mit ziegelfarbenem Gesicht, hinter der Zapfanlage auf. Er hielt in seiner Bewegung inne. Sein kindliches Trinkergesicht erstarrte. Ich blickte meinerseits die anderen Gäste an, die mich ebenfalls anstarrten. Sie hatten sogar aufgehört zu trinken.

»Herr Graf ...«, flüsterte der Wirt mit blutleerer Stimme, während er näher kam. »Wir dachten, wir sehen Sie niemals wieder.«

Er hielt mir zögernd seine Hand hin. Da ich nicht genau wusste, was ich damit anfangen sollte, drückte ich sie, was ihn dazu veranlasste zu rufen:

»Martine, komm her!«

Martine, eine kleine und rundliche blonde Frau von etwa fünfzig Jahren, erschien im Rahmen der Tür, die zur Küche führen musste. Ein strahlendes Lächeln, fast verzückt, erschien sogleich auf ihrem Gesicht.

»Herr Graf«, flüsterte auch sie und ließ ihr Küchentuch fallen.

Erneut sah ich mich nach den anderen Gästen um. Einer von ihnen deutete an, das Glas auf mich zu erheben. Eine Geste, die vom ganzen Tresen in einer synchronen Abfolge, die an La-Ola-Wellen in Fußballstadien erinnerte, aufgenommen wurde. Die Situation war unerwartet, absurd, ich hatte nicht die Kraft, alles richtigzustellen. Ich nahm als Zuschauer an dem teil, was mit mir geschah. Ein Zuschauer ohne Einfluss, verängstigt, aber fasziniert.

»Eine Runde! ... Eine Runde für alle!«, rief nun der Wirt begeistert. »Das ist das bedeutendste Ereignis seit der kleine Marcellin im Fußballtoto gewonnen hat! Hol den 64er«, schrie er seine Frau an. »Den 64er, in Gottes Namen!«, wiederholte er und schüttelte sich wie ein Hund.

Die Wirtin verschwand hinter der Bar, um einen Augenblick später mit einer Flasche Mandragore von 1964 zurückzukommen.

»Korkenzieher!«, befahl der Wirt wie ein Chirurg, der nach dem Skalpell verlangte.

Seine Frau öffnete eine Schublade, in der sich zahlreiche Modelle befanden. Korkenzieher zu sammeln war vor einigen Jahren sehr in Mode, der Wirt musste ein Kenner sein.

»Den Presto«, sagte er und zeigte auf einen von ihnen.

Seine Frau hielt ihm einen schönen Hebelöffner hin, den er gekonnt ansetzte und mit einem eleganten Klacken des Hebels den Korken herausgleiten ließ.

»Herr Graf, Ihr Wahlspruch, das ist der richtige Moment!«, bellte der Wirt.

Nun selbst von der Aufregung erfasst, die meine Ankunft im Café hervorgerufen hatte, hob ich mein Glas und rief: »Kein anderer als ich!«

»Kein anderer als Sie! Herr Graf!«, fügten die Stammgäste einstimmig hinzu.

Der Chassagne-Montrachet breitete sich wie samtene Ambrosia über meinen Gaumen aus, erhöhte zart die Wärme und Geschwindigkeit des Blutes in meinen Adern. Aimé-Charles de Rivaille, Graf von Mandragore, das war ich in den Augen der Leute. Ich ließ sie reden, begnügte mich damit, ab und an zu nicken. Aus den Überschneidungen in ihren Erzählungen bildete sich eine Geschichte heraus: Vier Jahre zuvor war Aimé-Charles nach Paris gefahren, um einen Weinhändler zu treffen, und war dort niemals angekommen. Weder er noch sein Wagen wurden je wieder gesehen. Mélaine de Rivaille, seine Frau, hatte den Weinberg und das Gut übernommen. Sie hatte nicht wieder geheiratet.

»Also, wo sind Sie gewesen?«, fragte mich der Wirt, während er sich mit dem Ellenbogen direkt neben mich auf die Theke stützte.

Ich drehte mich zu der etwa zehnköpfigen Gruppe um, die sich um uns geschart hatte. Die Wirtin füllte die Gläser. Ich konnte sie nicht enttäuschen, und darüber hinaus, würden sie mir glauben, wenn ich ihnen die Wahrheit sagte? Dass ich Pierre-François Chaumont hieß, dass ich nach einem Kauf im Auktionssaal von Drouot aus Paris hergekommen war … Nein, würden sie nicht. Ich war zu weit gegangen.

Immerhin war ich Anwalt, arbeitete mit Worten, und es würde nicht das erste Mal sein, dass ich mich zu leerem Gerede gezwungen sah. Bis jetzt jedoch hatte ich das nie zu meinem eigenen Vorteil getan. So ohne Sicherheitsnetz hatte ich noch nie gearbeitet. Es war wie Bungee-Jumping ohne Seil. Ich beschloss zu springen, die Gelegenheit war zu günstig, es war noch aufregender als die Versteigerungen im Auktionshaus. Noch nie hatte mich ein solcher Schauer erfasst. Ich würde etwas bei diesen Leuten ausprobieren. Sie würden anbeißen.

»Dédé«, unterbrach seine Frau und stieß ihn unauffällig mit dem Ellenbogen an, »vielleicht will der Graf nicht darüber sprechen, solche Dinge sind privat.«

»Ich hatte einen Unfall«, sagte ich im Tonfall eines Mannes, der nichts lieber wollte, als sich alles von der Seele zu reden.

»Ich wusste es«, antwortete der Wirt sofort.

Ein Unfall. Ein Autounfall, das war es, ein Autounfall, zumindest war es das, was man mir erzählt hatte, denn ich erinnerte mich an nichts. Ich war ohne Papiere und ohne Erinnerung in einem Sanatorium in einem Pariser Vorort aufgewacht. Dort war ich gepflegt worden. Man hatte sich sehr gut um mich gekümmert, und seit ein paar Wochen kam meine Erinnerung schubweise zurück, dank der Elektroschocks. Ich war noch nicht ganz genesen, im Übrigen, die Gesichter um mich herum erkannte ich natürlich wieder, nur war ich nicht in der Lage, ihnen Namen zuzuordnen. All das würde wiederkommen, aber es würde dauern. Auf meine Bitte hin hatte mein Arzt zugestimmt, dass ich allein nach Mandragore zurückkehrte, um mich der Wirklichkeit zu stellen. Er hatte mir seinen Wagen geliehen, ihm gehörte das schöne Jaguar-Coupé auf dem Parkplatz.

»Amnesie!«, brüllte der Wirt. »Wir haben darüber eine Reportage im Fernsehen gesehen, vor nicht mal einer Woche!«

Wie hatte ich diese Leute so leicht täuschen können?

»Und auf dem Schloss, was haben Sie da gesagt?«, fragte mich der Gast mit dem Bier.

»Auf dem Schloss«, murmelte ich, »ich war noch nicht auf dem Schloss …«

Die Wirtin schlug sich erschrocken die Hand vor den Mund.

»Mein Gott, Madame Mélaine weiß es noch nicht!«, japste sie.

»Wir wissen als Erste Bescheid«, rief der kahlköpfige Dicke.

Die Frage nach dem Ausweis klärte sich in wenigen Sekunden:

»Und Ihre Papiere haben Sie nicht bei sich?«

»Er ist sicher von Straßendieben ausgeraubt worden! Die stehlen alles, dieses Gesindel, sogar Ausweispapiere.«

»Papiere sind viel wert, heißt es.«

»Ich dachte, sie wären unfälschbar.«

»Es sind die Seriennummern, die zählen. Ich habe eine Reportage bei Jean-Pierre Pernaut gesehen.«

Der Name des Journalisten beendete die ganze Diskussion.

»Auf jeden Fall sehen Sie gut aus«, bestätigte mir die Wirtin. »Sie haben sich nicht verändert, nur die Haare sind vielleicht etwas kürzer.«

»Das sind die Friseure in den Krankenhäusern, sie arbeiten mit dem Rasierer«, schimpfte ein Gast vor sich hin, bevor er mich mit einer leichten Kinnbewegung dazu aufforderte, ihm zuzustimmen.

»Ja, ja, das ist ziemlich militärisch«, antwortete ich, obwohl ich 160 Euro im Monat bei einem bekannten Friseur in der Avenue Georges V ausgab.

Es ist leicht, diejenigen zu täuschen, die an etwas glauben wollen – man muss ihnen nur sagen, was sie hören wollen. Das ist alles, nicht mehr. Die

Sätze liegen in ihnen bereit, es genügt, sie einer Zauberformel gleich auszusprechen, damit sie ihre Wirkung entfalten. Die Natur hatte mich als Doppelgänger dieses verschwundenen Mannes geschaffen, und niemand dachte daran, das, was ich behauptete, infrage zu stellen. Im Gegenteil: Sie hatten meine Worte mit noch mehr Genuss geschluckt als den Montrachet 64, und als ich nun aus dem Café trat, folgten sie mir alle mit dem Blick derer, die ein großes Geheimnis teilen und stolz darauf sind.

Wir wissen es als Erste!«

Dieser Satz ging mir wieder und wieder durch den Kopf, aufreibend und aus weiter Ferne, wie ein musikalisches Sample.

Seit ein paar Minuten saß ich regungslos da, die Stirn auf das Lenkrad meines Wagens gelegt und die Augen geschlossen. Kann mir die Einsamkeit und Stille dieses Feldweges helfen, eine Entscheidung zu treffen? Ich hatte gerade den sonderbarsten Augenblick meines Lebens erlebt und begann mich zu fragen, ob das alles wirklich geschehen war. Ja, war es. Während der Fahrt hatte ich mir alle möglichen Antworten auf die Fragen, die ich mir im Zusammenhang mit dem Bild stellte und auf die ich vor Ort stoßen könnte, ausgemalt. Alle, nur nicht die, die ich erhalten hatte, und dabei hatte ich keine einzige Frage gestellt.

In meinem Lügengewebe befand sich trotz allem ein wahrer Kern. Und wenn ich es so leicht stricken konnte, dann, weil ich mich auf die Wahrheit stützte. Das Sanatorium war nicht meiner Phantasie entsprungen. Es gehörte einem gewissen Doktor Baretti, Martin Baretti. Ein sehr umgänglicher Arzt, der aber etwas Nachdenkliches an sich hatte, das vermuten lässt, dass er ein wesentlich komplizierteres Leben führte, als es den Anschein hatte. Er hatte vor einigen Monaten meine Dienste in Hinblick auf ein neues Elektroschock-System in Anspruch genommen, wofür er ein Patent angemeldet hatte.

So wie meine Leidenschaft für Gegenstände sofort Sympathie bei anderen Sammlern hervorrief, führte mein Beruf manchmal zu Geständnissen. Anwälte, Bänker und Notare sind die Mitwisser der Existenz der Leute, und manche nehmen sie gern als Beichtväter in Anspruch. Wegen ihrer Tätigkeit sind sie an die Schweigepflicht gebunden, und sie sind weniger einschüchternd als die Vertreter der Kirche, denen sich ohnehin seit einem halben Jahrhundert keiner mehr anvertraute.

So hatte mir ein Sammler von Kunstdrucken eines Tages vor der Gravur einer erhängten jungen Frau anvertraut, ein Anhänger von Bondage zu sein, dieser seltsamen Perversion, die darin bestand, seine Partnerin an Armen und Beinen zu fesseln, bis diese fast in Ohnmacht fiel. Er hatte sogar Polaroids von seinen Höchstleistungen aus der Brieftasche geholt, um sie mir zu zeigen. Doktor Baretti hingegen führte ein Doppelleben: das eines verheirateten Mannes und Familienvaters und ein anderes mit seinem jungen Liebhaber, mit dem er sich in einer charmanten Erdgeschosswohnung im Marais eingerichtet hatte. Bei einer Elektroschock-Demonstration in seiner Klinik hatte ich verstanden, dass der junge blonde Krankenpfleger namens Jean-Stéphane und Doktor Baretti sich sehr nahestehen mussten. Doktor Baretti hatte gelächelt, als er sah, wie ich seinen Partner betrachtete.

»Ja, Maître, ich bin vollkommen homosexuell«, hatte er mir nach unserer Rückkehr in sein Büro bestätigt.

Ich hatte mich gefragt, wie man »vollkommen« homosexuell sein konnte, wenn man eine Frau und zwei Töchter hatte, bevor ich mich daran erinnerte, dass der Arzt dieses Adverb seit unserer ersten Begegnung bereits ein halbes Dutzend Mal benutzt hatte. Warum zum Teufel hatte dieser Mann sein Leben vor mir ausgebreitet? Vielleicht, damit ich eines Tages davon Gebrauch machte.

*

Ich schämte mich für mein Verhalten. Ich schämte mich für das, was ich geworden war: ein Hochstapler, der mit der Gutgläubigkeit ehrlicher Leute spielte. Ich war eindeutig nicht mehr wert als diese Sektenführer, die einfache Gemüter und verlorene Seelen ausnutzten. Schon immer hatte ich diese Leute abstoßend gefunden, und jetzt handelte ich wie sie. Vielleicht war ich sogar schlimmer als sie. Ich hatte nichts zu bieten, keinen Glauben, keine Reise zu einem unbekannten Planeten. Wenn es nicht meine eigene Abreise war, die ich unbewusst bereits vor diesen gebannten Zuhörern verhandelte.

Doch obwohl mich meine Lügen ängstigten, sagte ich mir noch etwas anderes: Ich war nicht zufällig weggefahren, ich war nicht zufällig hier, ich glich nicht zufällig diesem anderen Mann. Nichts, was seit meiner Entdeckung des Porträts geschehen war, war dem Zufall zuzuschreiben.

Ich folgte meinem Schicksal. Jeder Versuch, diese Leute über ihren Irrtum aufzuklären, würde meinem Schicksal zuwiderlaufen. Vor mir öffnete sich eine Tür, und ich konnte entweder hindurchgehen oder meinen Weg wie bisher fortsetzen.

Ich wandte mein Gesicht dem Pastellbild zu. Hinter der Luftpolsterfolie sah ich das Gesicht des Mannes mit der gepuderten Perücke. Das Porträt schenkte mir die einzigartige Gelegenheit, jemand anderer zu sein. Es war ein absurdes Angebot, nie wieder würde sich eine solche Möglichkeit bieten. Das Klingeln meines Handys unterbrach den Fluss meiner Gedanken. »Charlotte« stand auf dem Bildschirm. Ich schaltete das Gerät aus, damit es schwieg. Vielleicht für immer.

Am Anfang des Feldweges hatte ich auf einem Schild, das am Stamm eines mehrere Hundert Jahre alten Baumes befestigt war, gelesen: »Hier beginnt das Land der Mandragore«. Beim Anblick dieses Hinweises, in schwarz auf weißem Grund, hatte mein Herz einen kleinen Satz gemacht.

Auf dem Hügel um mich herum erstreckten sich Weinstöcke so weit das Auge reichte und verloren sich schließlich im Sommernebel. Ich bemerkte, dass am Fuß jedes Rebstocks ein seltsamer löchriger Zylinder aus rostigem Metall stand. Man hätte es für eine Art Minenlampe halten können, die nah bei den Wurzeln quer in den Boden gesteckt worden war. Es musste sich um ein System handeln, das die Wurzeln im Winter warm hielt. Ich konnte nicht umhin, mich zu fragen, wer das Patent angemeldet hatte. Die Erfindung musste rentabel sein, denn es gab hier so viele wie es Rebstöcke gab.

Abgesehen von ein paar Raben, die sich ein Stück weiter in die Lüfte hoben, gab es nur mich in dieser Landschaft. Ja, mich, Pierre-François Chaumont, den Anwalt. Und während ich meinen Vor- und Nachnamen wiederholte, dachte ich, dass man immer auf die gleiche Art und Weise reagiert, wenn man eine große Entscheidung treffen muss, die über das weitere Leben bestimmt: Kurz vor der Entscheidung ist man sich sicher, dass man das Gegenteil tun wird. Man vergewissert sich ein letztes Mal, dass es einen anderen Weg gibt. Dieser Weg soll einem einfacher und beruhigender erscheinen. Wie eine ultimative Alternative. Ja, noch wenige Sekunden, bevor man das Unvermeidliche wählt, wiegt man sich in Illusionen. Man kann nicht anders. Wenn ich zum Schloss gehe, dann, um ein Gespräch mit Mélaine de Rivaille zu erbitten und ihr alles zu erzählen, redete ich mir ein. Ich bin nicht Aimé-Charles, ich bin Pierre-François. Pierre-François Chaumont, ich bin Anwalt in Paris, ich bin spezialisiert auf Industrierecht, Patente, alle Arten von Patenten, Glasfaser, Entwicklungschips, Kugellager, Durit.

*

Hinter einer mit Büschen bewachsenen Kurve tauchte das Schloss vor mir auf. Es war gewaltig, mit hohen Mauern aus hellem Stein, die sich in den Wassergräben spiegelten. Ich wusste genau, wo ich war, hatte ich das Schloss doch erst am Morgen im Internet angeschaut. Die aus dem Helikopter geschossenen Fotos gaben jedoch in keiner Weise die Kraft des Bauwerks wieder, auf das ich nun zuging.

Die Holzbrücke machte kein Geräusch. Ich hatte erwartet, sie unter meinem Gewicht knarren zu hören. Der Wind ließ das schwerfällige grüne Wasser leicht zittern, und erneut trat mir ein unbewegtes Bild aus meiner Vergangenheit vor Augen: das der zerknitterten Haut auf der warmen Milch, mit der Céline in meiner Kindheit Kuchen backte. Ich trat in den Vorderhof. Eine Gruppe von zwanzig Personen wartete an einem der Türme und diskutierte gedämpft über Karten und Broschüren.

»*Here he is!*«, rief eine blonde Frau und zeigte auf mich.

Ich lächelte sie an, hob aber gleichzeitig abwehrend die Hände. Nein, ich war nicht ihr Führer.

»*Want some?*«, fragte mich ein Mann in gelben Shorts.

Er hielt mich für einen Besucher und mir eine Packung weißer Marshmallows hin. *The real one from the USA* stand in roten und blauen Buchstaben auf der Plastikverpackung. Er musste sie von zu Hause mitgebracht haben. Woher er überhaupt komme, dieser Mann?

»*California*«, antwortete er.

Dann erklärte er mir, während ich den dicken weißen Marshmallow aß, dass er Frankreich immer noch hoch schätze, dass die Politiker sich angesichts der Probleme der Welt gegenseitig die Köpfe einschlagen mochten, ihn, James Fridman, kümmere das nicht. Er liebe Frankreich und die Weine des Burgunds. Was also den Krieg, das politische Geklüngel, die UNO und die Journalisten betraf:

»*Fuck them all!*«, fasste er für mich zusammen.

»*Fuck them all*«, stimmte ich zu, während ich die luftige Zuckermasse schluckte.

Ein junger Mann mit blondem Bürstenschnitt eilte auf die Gruppe zu. Einen dicken Katalog in der Hand stellte er sich vor und bat die Zuhörer, seine Verspätung zu entschuldigen. Einmal auf Französisch, einmal auf Englisch. Mister Fridman schlug ihm freundschaftlich auf die Schulter und hielt ihm die Tüte mit den Marshmallows hin, die der junge blonde Mann mit einem Kopfschütteln ablehnte. Es war an der Zeit, dass ich das Wort ergriff.

»Ich bitte um Verzeihung«, sagte ich. »Ich würde gern Mélaine de Rivaille sprechen.«

»Die Gräfin nimmt an den Besichtigungen nicht teil«, antwortete der junge Mann ein wenig verärgert.

»Ich gehöre nicht zu der Besuchergruppe. Ich bin hier, um sie, die Gräfin, zu sehen«, insistierte ich.

Verunsichert nuschelte der junge Mann etwas von Verwaltung und einem »Monsieur Henri«, an den ich mich wenden müsse, der aber damit beschäftigt sei, das Silber zu putzen. Durch eines der Fenster, die zum Wohnzimmer gehören mussten, traf mein Blick den eines älteren Mannes, der ein Silberservice auf einem Tablett trug. Als er mich sah, erstarrte er, das Tablett verschwand aus seinen Händen und krachte auf den Fliesenboden. Einen Augenblick später tauchte der alte Mann mit dem gegerbten Gesicht atemlos vor mir auf.

»Monsieur ... Oh, Monsieur«, flüsterte er.

Er ließ mir keine Zeit, um mir ein paar Worte zurechtzulegen, sondern fügte gleich mit sanfter Stimme hinzu:

»Madame befindet sich im Rosengarten.«

Mein Blick folgte seinem und fiel auf den Wegweiser des Touristenrundgangs, der die Lage des Rosengartens mit einem blasslila Pfeil anzeigte.

*E*in Hektar Rosensträucher. Alle entlang schmaler Alleen aus weißen Steinplatten gepflanzt. Ein großes, vom Regen verwittertes Schild erzählte die Geschichte dieses außergewöhnlichen Rosengartens. Ich überflog sie schnell, um zumindest einige Zahlen und Namen im Kopf zu haben: hundertvierzig Arten von Rosen, mehr als dreihundert Sträucher. Jede Rosenpflanze war aufgeführt. Der Name der Sorte, des Züchters und das Datum der Entstehung. Mein Blick streifte die Liste der Rosen: Triomphe de France, Zentifolie, Cariou, 1823. Duke of Bourgogne, hochwachsende Hybridsorte, Elliot, 1967. Pierre de Ronsard, moderne Hybridsorte, Meilland, 1987. Lady Mélaine, Zentifolie, Silver, Geschenk von Arthur McEllie, 1997 – *Erster Preis Belles d'Europe 98, Sacré rose de France 99, Rosa centifolia des Jahrtausends im Jahr* 2000.

Wo war Lady Mélaine unter den Hunderten von Blumen? Wo war die Rose? Wo war die Frau? Ich sah niemanden zwischen den Stängeln und Sträuchern, der alte Hausdiener musste sich geirrt haben. Ich schritt die Schilder ab: Grafenglorie, Mehrfarbige Unikat, Winterschwester, Johanna von Frankreich, mauvefarbene Kaiserin ... Von Gang zu Gang stieg der Schwindel, den die Namen und Blüten in mir auslösten.

Lady Mélaine. Zentifolie stand in der genauen Beschreibung auf dem kleinen Schild, das dicht neben den Wurzeln steckte. Auch Wettbewerbe, die sie gewonnen hatte, waren dort festgehalten. Der Strauch umfasste um die vierzig Rosen mit fleischigen Blättern, zerknittert, als seien sie gerade aus dem Schlaf erwacht. Der Farbton der Rosen war ein sehr blasses Orange. Auf den breitesten Blütenblättern mündete er in einer fast weißen Abstufung, während die Mitte von intensiverer Farbe war. Ich näherte meine Lippen und meine Nase, ein zarter und pfeffriger Duft stieg in der Wärme des Vormittags empor. Ich schloss die Augen, und als ich sie kurz darauf wieder öffnete, fiel mein Blick auf einen Schatten, der sich einige Alleen weiter regte.

Durch die Blumen sah ich tatsächlich eine weibliche Gestalt, die sich bewegt hatte. Ich konnte ein helles Kleid erkennen, in verwaschenem Meergrün. Ich ging bis zum Ende der schmalen Steinallee.

Ihre Beine waren nackt und steckten in weißen Ballerinas. Über einen Strauch gebeugt, hielt sie einen Weidenkorb, in dem ich verblühte Rosen sah, die sie abgeschnitten hatte. Ihr Haar fiel in langen Strähnen in ihr Gesicht. Es war aschblond mit Tendenz ins Rötliche. Venezianisches Blond nannten es die Menschen des 18. Jahrhunderts in Anspielung auf die Tinktur, mit der die Adelstöchter ihr Haar färbten. Dieses Haar war jedoch nicht gefärbt. Die Rose, die ihren Namen trug, hatte etwa diese Farbe, deshalb hatte ein amerikanischer Bewunderer sie der Herrin von Mandragore geschenkt.

Sie blickte auf und warf mit einer schnellen Bewegung ihr Haar zurück. Mélaine de Rivaille. Sie hatte einen hellen Teint, abgesehen von ein paar Sommersprossen auf der Nase fast weiß. Selbst auf diese Distanz nahm ich ihre klaren Augen und vor allem ihren Mund wahr, der von einem tiefen Rot war, das sicher nicht von einem Lippenstift kam. Die Feinheit ihrer Gesichtszüge setzte sich in der grazilen Linie ihres Halses bis zum Brustansatz fort. Unter dem kaum gewölbten Stoff, vermutete ich, trug sie keinen BH. Sie beugte sich wieder zum Strauch hinunter, um eine Blume zu betrachten, die Öffnung ihres Kleides legte ihr Dekolleté frei. Wie alt mochte Mélaine de Rivaille sein? Fünfunddreißig, vielleicht siebenunddreißig Jahre.

Sie zog ihren rechten Schuh aus und überprüfte die Sohle, zog dann den linken aus und legte sie beide in den Korb mit den Blüten. Barfuß ging sie über die warmen Steine zu einem anderen Strauch. Das meergrüne Baumwollkleid schmiegte sich an ihre Schenkel. Ich konnte meinen Blick nicht von ihren langen nackten Beinen abwenden, von ihren weißen Füßen, die über die Steinplatten liefen. Sie hielt inne, und ich blickte auf, in ihr Gesicht.

Sie schaute mich an. Ihr ganzes Wesen, das einen Augenblick zuvor ganz in der Bewegung aufgegangen war, erstarrte. Ihr Mund öffnete sich kaum merklich, ihre Augen ließen meine nicht mehr los. Ein helles Grün, ähnlich wie das des Kleides.

Ich träumte nicht, ein kurzes Schluchzen entfuhr ihrer Brust, und nun erneut, stärker, nicht zu unterdrücken, ausgelöst von ihrem Herzen, das plötzlich zu schnell schlug, und dem Sauerstoff, der dem Blutstrom nicht schnell genug folgen konnte. Auch ich wurde von einer Welle überrollt. Mein Herz war hin und weg von dieser Frau mit den panischen Augen, die nicht mehr sprechen, sondern nur noch schluchzen konnte.

Sie ließ den Korb fallen, der vom Steinboden abprallte. Die Blüten wurden auf den Platten verstreut.

Sie fiel mit ungeahnter Heftigkeit an meine Brust. Ohne dass ein Ton aus ihrem Mund kam, schaute sie mich an. Wir waren stumm vor Fassungslosigkeit. Sie, mich wiederzusehen, ich, sie zu entdecken.

Schließlich kehrten die Worte auf ihre Lippen zurück:

»Du bist es, du bist es«, flüsterte sie, bevor sie sich an mich presste, so fest, dass ich das Gleichgewicht verlor.

Wir fielen auf die heißen Steine. Sie fixierte mich mit ihren hellen Augen, Tränen glitzerten darin. Erneut stieß sie zwischen zwei Atemzügen dieselben Worte aus:

»Du bist es, du bist es.«

Die Träger ihres Kleides hatten sich gelöst, sie bemerkte nicht, dass sie mit entblößter Brust in der Sonne lag. Ihr Haar fiel ihr ins Gesicht, und ich fuhr mit meinen Händen auf beiden Seiten ihre Schläfen entlang. Ich spürte, wie sie ihre kaum von ihrem Kleid bedeckte Hüfte an mich drängte, ich sah ihre nackten Knöchel und Füße auf dem Stein. Ich schloss die Augen, fühlte nur noch ihren Atem und das Beben ihres Körpers. Ihr Gesicht näherte sich dem meinen, und ihr Mund presste sich auf meinen. Weder sie noch ich konnten diesen Kuss zu Ende führen, ihn nicht einmal beginnen. Wir waren aneinander geschweißt, wie bei einer Mund-zu-Mund-Beatmung. Die Luft ging mir aus, ich löste mich von ihren Lippen.

»Ich bin es, ich bin es, ich bin es, ich bin es! ...«, sagte ich endlich, als ich zu Atem gekommen war.

Ich konnte mich nicht mehr zurückhalten.

Meine Augen gewöhnten sich an die Dunkelheit. Durch die schweren Samtvorhänge drang ein wenig Tageslicht herein, und ich konnte einen Nachttisch, ein Telefon, eine Kommode, einen *Globe de mariée* und einige Gemälde an den Wänden erkennen. Ich lag noch angezogen auf dem Bett, meine Jacke war über einen Sessel gehängt. War ich bewusstlos gewesen? Es war gut möglich. Ich wollte mich gerade aufrichten, als eine heiße Hand meine Brust streichelte. Ich drehte den Kopf, Mélaine lag an meiner Seite, sie schaute mich an. Sie hatte die Träger ihres Kleides wieder gerichtet. Sofort erinnerte ich mich an das überwältigende Gefühl, ihren Körper an meinem zu spüren, an ihre flehenden Augen und die Schluchzer, die aus ihrem Mund kamen. Ich war ohnmächtig geworden, jetzt war ich mir sicher.

Ich sah sie an, die Unbekannte, die ich in meinen Armen gehalten hatte, die nun meinen Blick festhielt und friedlich neben mir auf der Decke lag. Niemals war mir eine Frau so schön, so begehrenswert und mir so nah erschienen. Alle Stufen der Verführung waren in Rauch aufgegangen, in wenigen Sekunden in einer wundervollen Beschleunigung verbrannt.

So verharrten wir lange, unbeweglich. Ohne zu sprechen. Ich liebe dich, wollte ich in die Stille des Zimmers hinein sagen. Ich liebe dich. Wie lange hatte ich diese Worte nicht mehr über die Lippen gebracht? Hatte ich sie überhaupt jemals ausgesprochen? Ich begann daran zu zweifeln.

»Ich werde es dir erklären«, sagte ich mit leiser Stimme.

Sie schüttelte ernst den Kopf. Ich schickte mich an, meine Erklärung mit der Amnesie abzuliefern, doch sie legte mir einen Finger auf die Lippen, ihr Atem ging schneller, sie zog ihr meergrünes Kleid aus und ließ ihren weißen Slip hinuntergleiten. Ich folgte ihr mit den Augen, fasziniert und erschrocken zugleich. Sie schob sich auf mich und begann, mein Hemd aufzuknöpfen. Ich half ihr und zog mich ebenfalls aus.

Wir lagen nun beide nackt im Halbdunkel des Zimmers, nur schwach beleuchtet von der Sonne hinter den Samtvorhängen. Ich nahm sie in die Arme, sie schob sich an meinem Körper hoch und legte ihre Hände auf meine Schultern. Ihre Brüste waren auf der Höhe meines Gesichts, ihre Haare fielen nach vorne, ich ließ sie durch meine Finger gleiten und teilte sie.

»Ich habe dich nicht betrogen«, flüsterte sie.

Ich sah sie ebenso ernst an, und die Worte kamen mühelos aus meinem Mund:

»Ich liebe dich, ich werde dich immer lieben.«

Wir küssten uns leidenschaftlich, dann lösten sich ihre Lippen von meinen und wanderten an meinem Hals entlang. Als ich die Augen öffnete, sah ich zur Decke des Schlafzimmers hoch. Sie war weiß, aber ich sah dort die schönsten Wolkenformationen, die jemals durch die Atmosphäre geschwebt waren, und weit, sehr weit weg, auf einer von ihnen eine Gestalt mit dem Rücken zu mir, die sich in einen schwarzen Umhang gehüllt entfernte, bis sie nur noch ein Punkt in unendlich weiter Ferne war und sich schließlich auflöste. Mein vorheriges Leben existierte nicht mehr.

Nichts hatte jemals existiert, außer Mélaine de Rivaille und Mandragore.

※

»Wir haben dich überall gesucht, überall ... Warum haben wir dich nicht in dieser Klinik gefunden?«

»Ich weiß es nicht«, murmelte ich.

Und wir verfielen wieder in Schweigen. Mélaine schmiegte sich an mich, und wir hielten uns lange Zeit umschlungen.

Wir hatten uns geliebt, und ich hatte nicht mehr die Kraft, die Geschichte mit der Amnesie zu erzählen. Ich hatte mehrere Stunden gebraucht, um den Mut für die Lüge wieder aufzubringen. Im Innersten wollte ich ihr die Wahrheit sagen – dass sie mich für ihren verschwundenen Mann hielt und dass ich ihn gern ersetzen wollte. Mit ihr auf Mandragore leben und sie lieben. Nur noch das tun, es ihr morgens und abends sagen, und so oft mit ihr schlafen, wie sie es wünscht. Noch nie hatte ich auf diese Weise mit jemandem geschlafen. Noch nie hatte ich geliebt. Und doch war ich gezwungen zu lügen. Ihr diese Geschichte mit der Amnesie, der Klinik und Doktor Baretti aufzutischen, mein einziger echter Trumpf in der Geschichte.

»Ich werde dir meine Krankenakte bringen. Ich werde sie aus Paris holen«, hatte ich mit Nachdruck gesagt, um mich selbst zu überzeugen.

»Früher hast du nicht geraucht«, sagte sie sanft.

»Ich habe nicht geraucht«, verteidigte ich mich, während ich spürte, wie mein Herz schneller schlug.

»Ich habe die Zigaretten an deinen Kleidern gerochen«, sagte sie lächelnd.

War der magische Raum, in dem alles möglich war, bereits dabei, sich wieder zu verschließen? Die Fragen würden kommen, eine genauer als die andere. Es waren die Details, bei denen ich ins Schleudern geraten würde, ich musste so schnell wie möglich wieder aus diesem Rausch erwachen und mich zusammenreißen, in Alarmbereitschaft bleiben. Ich durfte nicht die Frau meines Lebens verlieren, oder eher die meines neuen Lebens.

»Doktor Baretti raucht, bei ihm habe ich damit angefangen. Es gibt so wenig, was man in Krankenhäusern tun kann …«, fügte ich mit matter Stimme hinzu.

»Gib mir eine Zigarette«, sagte sie zu mir.

Sofort fiel mein Blick auf meine Jacke und das, was sie enthielt: meine Brieftasche, meine Ausweispapiere, meine Kredit-, Kranken-, Bankkarten. Pierre-François Chaumont überall. Ich hatte in meiner Tasche kein Zigarettenpäckchen, sondern mein Schildpattetui mit der Ansicht von Venedig aus Hinterglasmalerei. Ich setzte alles auf eine Karte, nahm es heraus und hielt Mélaine das Etui hin.

»Das ist wundervoll«, sagte sie. »Aber es gehört dir nicht«, fügte sie sogleich an.

»Nein, es gehört Doktor Baretti.«

»Wie der Jaguar. Er hat dir ja nicht wenig geliehen, dieser Arzt.«

»Ja. Ich bin sein Lieblingspatient.«

Mélaine sah mich mit zusammengekniffenen Augen an und zündete mit einem leichten Lächeln ihre Zigarette an.

»Ist er schwul?«

»Ja«, sagte ich verblüfft.

»Du hast Männern immer gefallen«, sagte sie und pustete den Rauch aus. »Erinnerst du dich nicht?«

»Nein. Erzähl es mir.«

Sie holte einen Kristallaschenbecher von der Kommode und kam zurück zum Bett. Ich legte meine Hand an ihre Wange und streichelte an ihren Brüsten entlang.

»Du musst es mir erzählen«, sagte ich. »Ich erinnere mich nicht.«

*M*élaine war siebenunddreißig Jahre alt und ich dreiundvierzig. Wir hatten uns zwölf Jahre zuvor auf einer Weinkonferenz in Dijon kennengelernt. Mélaine Gaulthier war eine junge Journalistin, die nach einem aufsehenerregenden Artikel über François Mitterrands Spaziergänge im Morvan vorhatte, im Auftrag von *Le Figaro* für die Sommerbeilage eine Reise durch das Burgund zu machen und die Geschichte einiger Weinbaugebiete zu erzählen. Der Weinberg von Mandragore gehörte dazu. Mélaine hatte mich schon zu Beginn der Konferenz bemerkt, und auch ich konnte die Augen nicht von ihr lassen. Als ich auf die kleine Bühne gestiegen war, um den Wein von Mandragore zu präsentieren, hatte ich die Gelegenheit ergriffen, sie zu mir zu bitten. Ich hatte vorgegeben, dass ein »unschuldiger Mund« ihn kosten müsse, und Mélaine ausgewählt, deren Namen ich nicht einmal kannte.

Sie hatte mir gestanden, dass ihr bei dem Ausdruck »unschuldiger Mund« ein Schauer über den Rücken gelaufen war. Am selben Abend hatten wir auf dem Schloss den Grund für diesen Schauer erkundet. Mein Vater, der Graf von Mandragore, hatte anschließend verkündet, dass »die hübscheste Mandragora auf seinem Land gediehen ist«. Am nächsten Morgen hatte ich Mélaine gebeten, mich nie mehr zu verlassen und mich zu heiraten.

»Alles, was du siehst, gehört dir«, hatte ich gesagt.

Sie hatte mich um eine Woche Zeit gebeten, um nach Paris zurückzukehren, die Reportage für *Le Figaro* abzugeben und mit ihrem Freund Schluss zu machen. Tatsächlich hatten vier Tage genügt.

Der einzige dunkle Fleck auf dem Gemälde dieser leidenschaftlichen Liebe war, dass die Schönste aller Mandragoras keine Kinder bekommen konnte. Dieses Thema hatte mehrere Jahre unseres Lebens verdüstert, bis zu dem Abend, an dem wir gemeinsam entschieden hatten zu akzeptieren, die letzten Rivaille-Mandragores zu sein.

Die seit dem 11. Jahrhundert existierende Blutlinie würde im 21. Jahrhundert ein Ende nehmen.

»Neun Jahrhunderte, das ist doch schon was«, hatte ich abschließend gesagt.

Die über fast tausend Jahre reichende Geschichte war Teil unseres Alltags. Oft betrachteten wir unsere Vorfahren in der Ahnengalerie. Die frühesten Porträts waren kleine Aquarelle auf Pergament mit gemalten Verzierungen am Rand, und es fehlte nur noch das von uns beiden. Wir hatten entschieden, es in Öl von einem Maler der Region fertigen zu lassen, um die jüngeren, alle von Harcourt fotografierten Porträtaufnahmen zu ersetzen.

»Fehlt nicht eins?«, unterbrach ich Mélaines Erzählung.

»Ja … es fehlt eins. Das hast du nicht vergessen.«

»Wer ist es?«

Die Frage, die mir seit jenem Tag im Saal 8 bei Drouot auf den Lippen brannte, würde endlich beantwortet werden.

Louis-Auguste, Graf von Mandragore, genannt »der Abwesende«, weil er in seinem eigenen Leben nicht mehr anwesend war. Mit seinem Freund Ludwig XVI. verband ihn die Leidenschaft für das Schlosserhandwerk. Während des Terrors wurde Louis-Auguste in Paris verhaftet und für mehrere Wochen eingesperrt. Er entkam und kehrte, nachdem er voller Schrecken der Exekution des Souveräns beigewohnt hatte, ohne einen Heller aufs Land zurück. Das Burgund und Mandragore meidend, floh er in ein kleines Dorf in der Auvergne, wo er als Kunstschmied und Schlosser arbeitete und Frau, Kindern und Schloss den Rücken kehrte. Niemand stellte sein Können am Schmiedeofen oder seine Fähigkeit, Eisen zu formen, infrage. Er gab vor, dass seine staatlichen Papiere und Zeugnisse bei einem Brand in den Archiven seiner Zunft zerstört worden waren und nahm den Namen seines ehemaligen Meisters an: Chaumont.

Während Mélaine mir die Geschichte von Auguste Chaumont erzählte, war meine Kehle wie zugeschnürt und mein Kopf von Schwindel ergriffen.

Mein Vater hatte vor langer Zeit einen Ahnenforscher beauftragt, Nachforschungen über die Chaumonts anzustellen. Diese konnten aus mysteriösen Gründen nicht weiter als ins 18. Jahrhundert zurückverfolgt werden, es endete mit einem Schlosser, wohnhaft in der Auvergne: Auguste Chaumont.

Der dreizehnte Graf von Mandragore, mein Vorfahr.

Nun wusste ich es. Ich musste nur noch erfüllen, was bereits der erste Chaumont getan hatte – meinerseits verschwinden. Es lag in der Familie.

*

»Ich habe Hunger«, sagte sie und drückte ihre dritte Zigarette aus. »Und du?«

»Ich auch«, antwortete ich.

Mélaine stand auf und streifte einen meergrünen Morgenmantel über. Immer war es diese Farbe, die ihrer Augen.

»Es muss noch Kalbfleisch in der Küche sein«, murmelte sie, während sie den Mantel zuband, »ich komme gleich wieder.«

Dieser kurze Satz ließ mein Herz ebenso höher schlagen wie sie in den Armen zu halten. Wenn wir einen so harmlosen Satz zueinander sagen konnten wie diesen, dann, ja dann war ich ihr Mann, ich war schon immer hier gewesen. Ja, diese Frau war meine Frau. Es gab keinen Zweifel. Ich hatte Lust aufzustehen, in die Küche hinunterzugehen, sie in die Arme zu nehmen und ihr zu sagen, dass es wundervoll sei, dass noch Kalbfleisch im Kühlschrank war, dass es das beste Essen meines Lebens sei – zwei Scheiben kaltes Kalb mit ein wenig Mayonnaise, verspeist auf der Wachstuchdecke der Küche von Mandragore. Aber ich wusste nicht, wo sich die Küche befand. Wenn ich aus dem Schlafzimmer ginge, wäre ich nicht in der Lage, Mélaine im Schloss wiederzufinden.

Ich musste die Gelegenheit, dass ich mich alleine im Zimmer befand, nutzen.

Ich muss Doktor Baretti anrufen, sagte ich mir. Jetzt sofort. Ich erhob mich, schob meine Hand in meine Jackentasche und schaltete mein Telefon ein. Zweiundzwanzig Nachrichten waren auf dem Bildschirm angezeigt, ich sah mir die Liste der Anrufer an: Charlotte, Charlotte, Chevrier, Chevrier, Foscarini Team F1, Charlotte, Chevrier, Etude Tajan, die Kommission, Kanzlei Vaudhier, Chevrier, Chevrier, Charlotte, Antiquitäten Samuel, Buchhandlung Marchandeau, Orange Kundenservice, Charlotte, Heraldische Buchhandlung, Charlotte,

Chevrier, und schließlich zweimal dieselbe unbekannte Nummer.

»Dies ist eine Nachricht für Monsieur Pierre-François Chaumont. Hier ist Kommissar Masquatier, Zentrale des 17. Arrondissements von Paris. Ich kontaktiere Sie auf die gemeinsame Erklärung Ihrer Frau, Charlotte Chaumont, und Ihres Partners Alain Chevrier hin. Sie sind für diese Personen seit dem Morgen nicht mehr erreichbar ... Diese Leute sorgen sich um Sie, Monsieur Chaumont. Ich muss Ihnen mitteilen, dass in Ihrem Fall bisher keine Suchaktion im Rahmen der Schutzmaßnahmen von Familien gestartet wurde. Als volljährige Person dürfen Sie kommen und gehen, wann Sie wollen. Dies sei gesagt, doch die dringliche Bitte Ihrer Angehörigen ist der Grund für unseren Versuch, Sie zu kontaktieren ... Wenn es Ihnen aus irgendeinem Grund unmöglich sein sollte, den Kontakt mit Ihren Angehörigen oder mit unseren Dienststellen aufzunehmen ...«

Die Nachricht hörte hier auf, die Fortsetzung wäre sicher in der nächsten. Ich entschied, sie nicht anzuhören.

Die Suche nach mir hatte begonnen. Wenn ich über dieses Handy einen Anruf tätigte, würde man es sofort orten. In meinem Adressbuch öffnete ich den Kundenordner unter dem Buchstaben B. Während ich die Nummer des Arztes suchte, hob ich das Telefon auf dem Nachttisch ab, und horchte, ob Mélaine sich nicht im Flur befand. Alles war ruhig. Ich wählte die Nummer.

»Doktor Baretti? Rechtsanwalt Chaumont am Apparat. Sagen Sie, Doktor, sind Sie immer noch vollkommen homosexuell? ... Auch ich bitte Sie um Verzeihung ... für das, was ich tun werde, aber ich habe keine Wahl. Und Sie werden mir helfen.«

Rue des Archives, Rue Sainte-Croix-de-la-Bretonnerie, es war unmöglich, einen Parkplatz zu finden. Es kam nicht infrage, den Wagen in zweiter Reihe stehen zu lassen. Ein Strafzettel, und mein ganzer Plan würde ins Wasser fallen. Ich entschied, ins Parkhaus des Rathauses zu fahren. Vollkommen paranoid versteckte ich mich vor den Überwachungskameras mit Hilfe einer alten schwarzen Brille, die ich am Morgen im Schloss gefunden hatte, in der Schublade mit den Fundsachen der Besucher.

Als ich mich auf Mandragore von Mélaine verabschiedet hatte, hatte ich die Angst in ihren Augen gesehen. Ohne dass sie etwas hätte sagen müssen, hatte ich sie in den Arm genommen.
»Ich komme zurück«, hatte ich geflüstert.

»Ich will das nicht nur geträumt haben«, hatte sie gesagt. »Ich will nicht allein in meinem Bett aufwachen.«

»Ich auch nicht, ich will nicht mehr aufwachen, nie mehr«, hatte ich geantwortet.

Dieser Satz hätte Fragen bei ihr aufwerfen können, doch sie hatte keine gestellt und mir nachgeschaut, als ich zum Schlosstor gegangen war. Ich hatte mich ein letztes Mal nach ihr umgedreht. Der alte Hausdiener, der einige Tage zuvor das Tablett mit dem Silberservice hatte fallen lassen, war zu ihr gegangen, und ich hatte gesehen, wie Mélaine die Hand auf seinen Arm gelegt und ihn lange festgehalten hatte, als Zeichen der Freundschaft und vielleicht wegen eines Schwindelgefühls.

»Dies ist eine Nachricht für Maître Chaumont, hier ist erneut Polizeichef Masquatier. Ihrem Anbieter zufolge scheint es so, als haben Sie Ihre Nachrichten abgehört, wenn Ihr Telefon nicht gestohlen wurde und sich in den Händen Dritter befindet …«

Ich klappte das Handy zu, als hätte es mir die Finger verbrannt. Sie hatten feststellen können, dass ich meine Nachrichten abgehört hatte. Ich musste dieses Telefon so schnell wie möglich loswerden. Ich steuerte die nächstgelegene Parkbank an und legte es darauf, bevor ich mich hinter einem Baum versteckte, um sicherzugehen, dass es geklaut würde. Ein junger Mann im Trainingsanzug kam vorbei, sein Blick fiel auf das Handy. Er nahm die Kopfhörer seines iPods heraus, schaute nach rechts und nach links, setzte sich dann, blieb so einige Sekunden und stand wieder auf, um eilig davonzugehen. Das Telefon war nicht mehr da. Es war auszuschließen, dass er es ins Fundbüro brachte. Das ideale Subjekt trug in der Tasche seiner Jogginghose den letzten Faden, der mich mit meinem alten Leben und den Fragen des Polizeichefs verband, die für immer ohne Antwort bleiben würden.

Thomas, der Betrüger. Wo war also dieser Nachtclub? Nachdem ich die Straße mehrmals rauf- und runtergegangen war, stieß ich die Tür zu einem Laden auf, in dem Unterhosen neben Wanderschuhen und Piercings lagen. Ein junger Mann in einem engen weißen T-Shirt, auf dem »Porn Star« stand, empfing mich mit einem Lächeln.

»Guten Tag, ich muss zu ... dieser Adresse, aber ich sehe keinen Hinweis«, sagte ich und hielt ihm meinen Zettel hin.

Das Lächeln wurde breiter und der Blick eindringlicher.

»Du musst in den Hof gehen, links, wenn du rausgehst. Es gibt keinen Türcode.«

Ich ging zum Ausgang, als er mir nachrief:

»Du musst klopfen, zu dieser Zeit ist da normalerweise geschlossen!«

Ich hatte schon einmal eine solche Verwechslung erlebt, mit den Freimaurern. Wie jeder anständige Sammler interessierte ich mich für die Freimaurersymbolik und die Gegenstände, die die Brüder im Laufe der Jahrhunderte hergestellt haben. Mein Interesse führte mich manchmal in die spezialisierten Buchhandlungen in der Rue Puteaux oder der Rue Cadet. Aufgrund der Genauigkeit meiner Fragen duzte man mich dort auf Anhieb, während mir die Werke herausgesucht wurden. Nach dem des adoptierten Freimaurers erhielt ich nun also den Status des adoptierten Schwulen, und während ich die Straße hinunterging, spürte ich, wie die wuchtige Gestalt meines Onkels mir folgte. Er war viel zu früh gestorben, hatte das Marais der Schwulen nicht mehr gekannt. Das Viertel hätte ihn endgültig erledigt, dachte ich. Er hätte mir nicht einmal mehr seinen Mantel vermachen können. Ich drückte das schwere Tor auf und trat in einen Hof mit Kopfsteinpflaster, die rotgestrichene Metalltür hinten links musste zum alten Kohlenkeller des Hauses führen. Eine kleine Klingel. Ein Schild aus Plastik: Thomas ... der Betrüger.

Ich klingelte ohne Ergebnis und wollte gerade klopfen, als die Tür aufging.

»Sie sind es«, sagte Doktor Baretti kraftlos.

Er bewegte sich durch den großen gefliesten Raum, als würde er ihn gut kennen. Er trug immer noch einen der hellen Anzüge, die ich von unseren Treffen kannte. Mir schien, sein grauer Bürstenschnitt war etwas kürzer. Am Ende des Raums sah ich eine Bar und mehrere Diwane, dann eine Wendeltreppe, die in das Untergeschoss führte. Auf einem der Diwane erkannte ich Jean-Stéphane, dem ich zunickte, woraufhin er sich wegdrehte und weiter seine *menthe à l'eau* trank. Doktor Baretti setzte sich neben ihn und wies auf einen Sitzsack aus weißem Leder, in den ich bis zum Boden einsank.

»Das ist also ein Darkroom?«, fragte ich, um das Schweigen zu brechen.

»Ich nehme an, Sie sind nicht hier, um sich weiterzubilden, Herr Rechtsanwalt«, antwortete Doktor Baretti kalt.

Ich winkte ab und bestätigte ihm, dass ich in der Tat darauf verzichtete, meine Bildung in dieser Richtung zu erweitern.

»Zuallererst muss ich Ihnen sagen, dass ich dies vollkommen skandalös finde.«

»Ich bin ganz Ihrer Meinung«, antwortete ich ruhig.

Erneut sahen wir drei uns schweigend an. Doktor Baretti hatte recht, es war vollkommen skandalös. Ich hatte ihn angerufen, um ihm zu sagen, dass ich seiner Frau und seinen Kindern von Jean-Stéphanes Existenz erzählen würde, wenn er mir nicht alle nötigen Beweise für meinen Aufenthalt in seiner Klinik über die letzten vier Jahre lieferte, unter dem Namen Aimé-Charles de Rivaille, Graf von Mandragore.

»Ich habe die ganze Nacht daran gesessen«, bemerkte Doktor Baretti, als er eine rote Mappe aufschlug. »Hier haben wir eine richtige falsche Krankenakte. Ich habe meine Festplatten der letzten vier Jahren manipuliert, für Sie habe ich sogar einen Polizeibericht gefälscht. Haben Sie Ihre Passfotos?«

Ich zog die Fotoreihe aus der Tasche, die ich in einem Automaten in der Metrostation gemacht hatte. Meine Haare waren wild durcheinander, ich sah traurig aus. »Wenn Sie wie ein Unfallopfer aussehen wollen, packen Sie nicht Ihren Smoking aus. Seien Sie so hässlich wie möglich!«, hatte Doktor Baretti mir am Vortag geraten. Ich wies ihn höflich darauf hin, dass ich auf jede Kleinigkeit geachtet hatte, dass ich mir sogar mit einem Schminkstift, den ich am Morgen an einer Autobahntankstelle gekauft hatte, einen blauen Fleck auf die Schläfe gemalt hatte. Er durchbohrte mich mit seinem Blick und riss mir die Fotoserie aus den Händen, bevor er Jean-Stéphane bat, eine Schere und eine Tube Kleber zu suchen.

»Das ist hübsch, diese Anspielung auf Cocteau«, sagte ich, während der Arzt vorsichtig meine Fotos an die dafür vorgesehenen Stellen klebte.

Da er nicht antwortete, fuhr ich fort:

»Mit dem Namen des Clubs …«

»Ich habe vollkommen verstanden, danke«, sagte er ohne aufzublicken.

»Mögen Sie Cocteau?«, fragte mich Jean-Stéphane.

»Ja, sehr«, entgegnete ich.

»Das macht es ein wenig wett ...«, bemerkte Doktor Baretti.

Die Fotos trockneten einige Minuten auf meiner zweiundsiebzigseitigen Krankenakte.

»Ich möchte nie wieder etwas von Ihnen hören«, sagte Doktor Baretti zu mir, als er mich zu der Metalltür begleitete.

»Auch ich will nie wieder etwas von mir hören.«

Er nickte, und ich verließ den Hof.

Draußen lag die Straße im Sonnenlicht, die Jungen und Mädchen liefen Hand in Hand, und ich, ich hatte keine Angst mehr. Ich war Aimé-Charles de Rivaille. So stand es in der Krankenakte. Auf der Seite »Rückkehr der Erinnerung« hieß es: »Jean, wie er seit seiner Ankunft genannt wurde, gibt seit heute Morgen an, Aimé-Charles de Rivaille zu heißen. Er wohne im Burgund.«

In Kürze

Verschwinden eines Rechtsanwalts im 17. Arrondissement von Paris. Sowohl seine Verwandten als auch die Mitarbeiter seiner Kanzlei haben seit zwei Wochen keine Nachricht von Maître Pierre-François Chaumont. Sein Auto, ein Jaguar XJS, und einige persönliche Dinge sind verschwunden. Spezialisiert auf Industriepatente war er mit einem sensiblen Fall betraut, der einen Testmotor der Formel 1 betrifft. Die Polizei schließt eine Verbindung nicht aus.

Vernehmungen

Aufruhr in der kleinen Welt der Formel 1. Nach dem Verschwinden des Pariser Rechtsanwalts Pierre-François Chaumont vor drei Monaten, der mit einem Streitfall über ein neues Durit-System

(BN-67) beauftragt war, haben gestern Vormittag zwei Durchsuchungen in den Räumen der konkurrierenden Rennställe Laren und Foscarini stattgefunden. Einer autorisierten Quelle nach schließt die Polizei einen Zusammenhang zwischen dem Verschwinden des Anwalts und Industriespionage nicht aus.

Wahnsinniger
Franck Massoulier, Forscher im Bereich Strömungslehre, dessen Kompetenzen im Formel-1-Milieu hochgeschätzt sind, hat gestern Abend im Clubhaus »Schnelligkeit & Leidenschaft« an der Porte de Versailles einen Skandal verursacht. Während der versammelten Presse die neuen Motoren des Rennstalls Foscarini vorgestellt wurden, griff er sich das Mikro und beschuldigte Gianni Foscarini, 96 Jahre alt und Ehrengast des Clubs, die Entführung und Ermordung von Maître Pierre-François Chaumont veranlasst zu haben, von dem sein Umfeld seit acht Monaten (siehe unsere Berichterstattung) keine Nachricht hat. Massoulier beleidigte Foscarini, und versuchte dann, dem alten Mann physisch zuzusetzen, bevor die Sicherheitsleute ihn überwältigen konnten.

Verurteilung

F. Massoulier, Ingenieur und bekannte Persönlichkeit der Formel 1, der vor einigen Monaten Gianni Foscarini und seine Firma öffentlich beleidigt hat (siehe unsere früheren Ausgaben), wurde wegen Verleumdung, Diffamierung und ordinärer Rede zu 2000 Euro Schadensersatz verurteilt, die er an die Foscarini-Gruppe zu zahlen hat. Rechtsanwalt Chaumont, dessen mysteriöses Verschwinden am Anfang dieser Affäre stand, ist immer noch nicht wieder aufgetaucht. Die Polizei hat die Ermittlungen, die im Zusammenhang mit den beruflichen Aktivitäten von Maître Chaumont standen, wegen mangelnder Beweise eingestellt. Aktuell werden seine Verbindungen zum Kunstmarkt sorgfältig geprüft. Chaumonts Name steht im Geschäftskalender des Auktionators Paul Pétillon, der vor sechs Monaten wegen Hehlerei überprüft wurde.

Cranach-Affäre

»Sicher üble Kerle, aber keine Mörder!« So beschreibt der Staatsanwalt die Angeklagten. Im Laufe des Vormittags wurden Kunstauktionär Paul Pétillon und die Antiquitätenhändler Carpentier, Beauchon und Victurian zu Maître Chaumont befragt, ein mit ihnen ehemals in Verbindung stehender Rechtsanwalt und Sammler. Nachdem dieser nun seit fast einem Jahr verschwunden ist, wird die Spur, die ihn mit der Cranach-Affäre in Verbindung bringen könnte, nicht weiterverfolgt.

Chaumont-Affäre
Dieser Titel ist zu unserem Bedauern falsch. Nein, es gibt definitiv keine Chaumont-Affäre, wir legen jedoch Wert darauf, diesem Pariser Rechtsanwalt zu huldigen, von dem seit einem Jahr niemand mehr gehört hat. Das Verschwinden des auf Patente spezialisierten Anwalts schien eine Zeit lang mit der Formel-1-Industrie, genauer mit Industriespionage zusammenzuhängen, dessen unschuldiges Opfer er hätte sein können. Diese Spur führte ins Leere. Die Polizei suchte im Privatleben nach Hinweisen, da sich ein bestimmtes Verhalten manchmal durch den Lebenswandel oder persönliches Unglück erklären lässt. Nichts. Die letzte in den Blick genommene Spur setzte das Verschwinden des Anwalts mit dem Kunstmilieu in Verbindung. Sein Name und seine Handynummer tauchten in der Tat in den geschäftlichen oder privaten Kalendern zahlreicher Kunstauktionäre und

Antiquitätenhändler auf, die in der »Cranach-Affäre« verurteilt wurden (siehe unsere Ausgaben). Pierre-François Chaumont, der seinem näheren Umfeld nach ein fachkundiger Kunstkenner war, habe mit diesen Personen nur rein professionelle Beziehungen gehabt, die allein seine Sammlung betrafen. Da er von seinem Umfeld als zuletzt depressiv und zwangsneurotisch beschrieben wird, kommt man leider nicht umhin, in Betracht zu ziehen, dass der Anwalt seinem Leben ein Ende gesetzt haben könnte. Es lässt sich nicht vermeiden, seinen Fall mit einem weiteren Vermissten zu vergleichen, den wir vor zwei Jahren erwähnt haben: Henri Dalmier, Beamter beim Außenministerium am Quai d'Orsay, der nun seit fünfundzwanzig Monaten und zwei Wochen weder bei sich zu Hause noch in seinem Büro aufgetaucht ist. Wir sind in Gedanken bei den Familien, die durch die Hölle gehen müssen. Vielleicht würde die schlimmste Nachricht sie sogar von der Angst, die sie fest im Griff hat, befreien. Wir nutzen diese Zeilen, um daran zu erinnern, dass in Frankreich jedes Jahr zwischen 12 000 und 15 000 Personen verschwinden. Man schätzt, dass für 80 Prozent der Vermisstenfälle eine Erklärung gefunden wird: Flucht vor Schulden, Ausrisse, Selbstmord, Mord, Depression, Unfall. 20 Prozent jedoch bleiben völlig ungeklärt. So verschwinden jedes Jahr 1500 bis 3000 Personen, ohne eine Spur zu hinterlassen. Unsere Zeitschrift wird sie in Erinnerung behalten.

Das war das letzte Mal, dass ich die Ehre hatte, in der Presse erwähnt zu werden. Nicht ein Artikel, der diese Bezeichnung verdient hätte, war meinem Verschwinden gewidmet, jedoch stieß ich unter den vermischten Meldungen der Zeitungen zufällig auf diese kurzen Berichte. Sie stammten aus *Le Parisien* und *Nouveau détective*, einer Zeitschrift über Ermittlungen, die länger über die Geschichte der vergeblichen Suche nach mir berichtet hat. Sie war es auch, die mein Verschwinden mit der eines Beamten des Außenministeriums in Verbindung gebracht hat. Ich weiß nicht, ob Henri Dalmier wieder aufgetaucht ist, ich habe nicht nach ihm gesucht. Im Laufe dieses Jahres im tiefsten Burgund habe ich mich darauf konzentriert, mehr über mich selbst zu erfahren, indem ich die Internetseiten der Zeitung anschaue.

Es hieß, ich hätte mich umgebracht. Das war im Grunde nicht ganz falsch.

*E*ines Abends war ich ins Dorf hinuntergegangen, nach Rivaille. Darauf achtend, dass mich keiner sah, schlich ich zur Telefonzelle auf dem Marktplatz. Ich nahm den Hörer ab und wählte meine Pariser Nummer. Ich wollte Charlottes Stimme ein letztes Mal hören. Ich hatte nicht die Absicht, mit ihr zu sprechen, wollte nur ihre Stimme hören. Es klingelte lange, ohne Antwort. Es musste bis zum Kristall meines Leuchters hinauftönen, ganz wie Charlottes schrille Stimme ein Jahr zuvor.

Da ich nun schon den Kupferdrähten des Telefons in meine Vergangenheit folgte, entschied ich, eine weitere Nummer zu wählen. Was war natürlicher, als jemanden anzurufen, der mich zwanzig Jahre meines Lebens begleitet hatte? Chevrier. Auch mit ihm wollte ich nicht sprechen, aber ihn mehrmals »Hallo?« ins Leere rufen zu hören, würde mich mit Freude erfüllen. Der Gedanke, dass er mich am Telefon haben und vermuten könnte, dass ich es sei, steigerte meine Aufregung noch. Es tutete nur zwei Mal, und das »Hallo?«, das ich hörte, traf mich wie ein Blitz.

Es war Charlotte. Um zwanzig Minuten vor Mitternacht, bei Chevrier. Was machte sie dort?

»Hallo?«, wiederholte Charlotte.

Sie hatte das Telefon abgehoben und sich so unbekümmert mit der üblichen Begrüßung gemeldet, als sei sie in einer vertrauten Umgebung. Wo stand dieses Telefon im Übrigen? Auf einer Konsole, einer Kommode, einem Nachttisch? Ich versuchte, mir die Anordnung der Möbel in Erinnerung zu rufen, ohne zu einer zufriedenstellenden Lösung zu gelangen.

»Hallo?«

Ihre Beziehung mit Chevrier musste schon seit Jahren existieren. Während dieser ganzen Zeit hatte er mir seine Geschichte von einer geheimen Affäre mit einer verheirateten Frau aufgetischt … Und diese Frau war meine. Chevrier hatte niemals aufgehört, Charlotte zu lieben. Sie hatte ihr Leben mit dem Begabteren geführt, dem Reicheren, und führte ein geheimes Leben mit dem, der so wunderbar meinen ersten Offizier spielte, meinen »Gefolgsmann«, wie es manche gern sagten, die mit der Kanzlei vertraut waren.

»Wir haben Ihren Gefolgsmann gesehen, Maître.« »Meinen Partner«, berichtete ich. Weder Partner noch Gefolgsmann, eine falsche Schlange, die mit einer Viper anbandelte, sobald ich ihnen den Rücken zukehrte. Ihre beiden Körper mussten sich vor Lust gebogen haben, während ich am Wochenende im Auktionssaal die Gebote in die Höhe trieb. In diesen Momenten musste ihr sündhaftes Spielchen stattgefunden haben. Meine Leidenschaft hat ihrer gut gedient, sagte ich mir. Es schien mir nun offensichtlich. Wie hatte ich nur so blind sein können? Sicher auf die gleiche Weise wie Charlotte, Chevrier und all die anderen angesichts meines Porträts. Alles lag offen vor ihren Augen wie vor meinen, und doch haben wir nichts gesehen. Wir wollten nichts sehen. Meine Frau war so unsichtbar für mich wie ich für sie. Dieser Anruf und die Stimme im Hörer hatten eindeutig etwas Heilsames. Sie radierten jegliche Zweifel, Gewissensbisse und Schuldgefühle aus, die ich empfunden haben mochte und von denen bis zu diesem Abend noch ein Rest geblieben war. Ich war Charlotte dankbar, dass sie die Ähnlichkeit zwischen der abgebildeten Person und mir nicht erkannt hatte; sie konnte mir ihrerseits dafür danken, dass ich sie die ganzen Jahre über nicht genug geliebt hatte. Ich hatte ihr freie Hand gelassen.

Nachdem ich aufgelegt hatte, dachte ich nüchtern über den logischen nächsten Schritt nach: die Heirat von Charlotte und Chevrier. Sie würde nicht lange auf sich warten lassen. Und meine Sammlung? Mein Arbeitszimmer? Was würde aus meinem Arbeitszimmer werden? Dieser Gedanke kam mir nicht zum ersten Mal. Meine hochgeschätzte Sammlung war allein, seit Monaten verlassen von ihrem Herrn. Obwohl mir bislang keine Lösung eingefallen war, um wieder in ihren Besitz zu kommen, schien sie mir bis jetzt in der Wohnung in Sicherheit. Das war nun nicht mehr der Fall, wenn diese zwei ihr Leben miteinander führen würden. Sie würden sie verkaufen und damit eine Weltreise finanzieren, daran gab es keinen Zweifel. Ich musste eine Lösung finden und überraschte mich dabei, den heiligen Antonius, den Schutzpatron der verlorenen und wiedergefundenen Dinge, anzurufen. »Du musst dafür sorgen, dass die Gegenstände wieder in meinen Besitz kommen«, bat ich ihn, ohne zu wissen, was ich im Gegenzug für ihn tun konnte.

*

Einige Tage später ging ich mit Mélaine zur Polizeistation, damit wir ein Dokument gegenseitiger Anerkennung unterschrieben, das meine Rückkehr offiziell machte.

»Das ist wirklich das erste Mal, dass ich es mit der Polizei zu tun habe«, sagte ich beim Hineingehen.

»Das zweite Mal«, präzisierte Kommissar Briard. »Erinnern Sie sich nicht?«

»Aimé hat Gedächtnislücken«, sagte Mélaine sanft.

»Natürlich«, murmelte der Polizist, als habe er einen Fauxpas begangen.

»Was war es das andere Mal?«, hakte ich nach.

»Die Brüder Davier«, antwortete der Kommissar und fand sein Lächeln wieder.

Es war fast zehn Jahre her, als ich, eines

Nachts, in Mandragore spazieren gegangen war, das Gewehr auf der Schulter und auf der Suche nach einem Fuchs. Er räuberte seit mehreren Wochen in den Gehegen des Schlosses. Im Wald war ich auf die Brüder Davier getroffen. Martial und Noël waren ebenfalls auf der Jagd nach dem Fuchs, aber nicht, um ihn zu erschießen. Sie wollten ihm sanft den Garaus machen, um ihn danach an einen Tierpräparator zu verkaufen.

Die Daviers waren mit allen Wassern gewaschen, und als in der Gegend ein Einbruch geschah, war die erste Adresse, zu der die Polizisten fuhren, die Autopresse Pivert, der einzige offizielle Besitz der Brüder, den sie von ihrem Vater geerbt hatten.

In derselben Nacht war der Geldautomat der Sparkasse von Chassagnier, einem Dorf unweit von Rivaille, ausgeraubt worden. Die Beute war nicht unbeträchtlich, und Zeugen hatten eine Personenbeschreibung von zwei Männern abgegeben, die ihnen im Licht der Straßenlaternen rothaarig vorgekommen waren. Sogleich hatten die Polizisten die Brüder Davier darin erkannt. Als sie bereits am nächsten Tag verhaftet wurden, kam mir ihr Missgeschick zu Ohren, und ich ging zur Polizeistation, um anzugeben, dass die Brüder zur Stunde des Raubes mit mir im Wald gesprochen hatten. Sie hatten noch nicht ausgesagt, die Geschichte mit dem Tierpräparator konnte ihnen nur Ärger einbringen. Mein spontanes Eingreifen und mein Ansehen änderten die Sachlage. Die Geschichte mit dem Tierpräparator wurde unter den Tisch fallen gelassen, und die Brüder kamen innerhalb einer Stunde frei.

Anscheinend hatte ich bei ihnen auf ewig einen Stein im Brett. Martial, der Ältere, hatte zuvor zwei Jahre wegen illegalen Schmuckhandels bekommen, beim kleinsten Fehltritt riskierte er, sich in einer Zelle wiederzufinden.

Als ich aus dem Kommissariat trat, entstand ein Bild vor meinem inneren Auge – das von zwei starken Stemmeisen, die meine Pariser Wohnungstür aus den Angeln hoben. Als ob ich dort wäre, sah ich, wie sie das Metall bogen und das Holz mit einem gewaltigen Krachen nachgab.

Ich hatte eine Lösung gefunden, um meine Sammlung vor dem Auktionssaal zu bewahren.

Unter dem Vorwand einer einsamen Spazierfahrt in die Umgebung von Rivaille, die mir die verschwundenen Teile meiner Vergangenheit wieder in Erinnerung rufen sollte, lieh ich mir den alten Santana, mit dem wir uns auf den Weinbergen fortbewegten. Nachdem ich über den Dorfplatz gefahren war, nahm ich die Landstraße in Richtung der Autopresse.

Ich konnte es mir nicht verkneifen, einen kleinen Haken zum »Tümpel des Verrückten« zu schlagen – so genannt zu Ehren eines Mannes, der elf Mal versucht hatte, sich darin zu ertränken, bevor er den Strick wählte. Ich stieg aus dem Santana und stellte mich an das dunkle Wasser. Mein Blick schweifte über die Oberfläche, ich versuchte, den Jaguar auszumachen. Nichts.

Es war der Ort, den ich vor meiner Fahrt zu Thomas dem Betrüger ausfindig gemacht und an dem ich mein Auto versenkt hatte. Als die Nacht hereingebrochen war, war ich mit meinem Coupé an den Rand des Teichs gefahren, dessen Tiefe ich am Vortag mit einem langen Stück Holz getestet hatte. Ich hatte mir eine Zigarette gegönnt, bevor ich wirklich das getan hatte, was ich aus zahlreichen Filmen kannte: Ich hatte alle Fenster geöffnet, die Handbremse gelöst, den Wagen ins Wasser geschoben und fasziniert zugeschaut, wie er langsam darin versunken war. Mein Jaguar hatte sich dieser letzten Rolle als würdig erwiesen, er war allmählich untergegangen, unter großem Blubbern verschwunden, bald war nur noch das Dach zu sehen gewesen, dann nichts mehr. Der Teich hatte wieder still dagelegen, als ob nichts Ungewöhnliches geschehen wäre. Ich war zu Fuß zum Schloss zurückgegangen, darauf achtend, niemanden zu treffen, und hatte behauptet, das Auto meinem Arzt zurückgegeben und für die Rückfahrt ein Taxi genommen zu haben.

Mélaine und ich hatten uns danach in die Krankenakte von Doktor Baretti vertieft. Sie enthielt tausend Details über mich, die man unmöglich in Zweifel ziehen konnte. Sogar die Polizei hatte die Professionalität dieses herausragenden Arztes angemerkt.

»Diese Menschen sind es, die man in die Ehrenlegion aufnehmen sollte!«, hatte Kommandant Briard gerufen. »Stattdessen nimmt man Sänger und Schauspieler, was für eine Schande.«

Auf der Straße folgte ich den Schildern, die den Weg zur Autopresse Pivert wiesen. Der alte Santana rollte durch die warme Sommerluft des Nachmittags, und ich pfiff, weil er mir nicht aus dem Kopf ging, den Refrain von *Der Kontrakt des Zeichners*, als ich durch den Eingang des Autofriedhofs fuhr. Ich parkte den Santana nah an dem Tor, damit die kräftige Zange, die die Schrottkisten manövrierte, ihn nicht mit dem verwechselte, was heute zu pressen war. Der rothaarige Mann, der das Gerät bediente, streckte den Kopf aus der Kabine.

»Worum geht's?!«, schrie er unter dem Lärm von sich faltendem Blech.

An einer kleinen Baubude öffnete sich hoch oben eine Tür, die man nur über eine Metalltreppe erreichen konnte. Ein weiterer Mann blickte mich an, auch er war rothaarig. Er war um die vierzig und mit einem Blaumann bekleidet, mit seinen engstehenden Augen und seiner flachen Stirn ähnelte er einem Widder.

»Lass«, rief er dem anderen zu. »Es ist der Graf!«

Er kam zu mir und schüttelte mir die Hand.

»Können wir etwas für Sie tun, Herr Graf?«

»Ich glaube, ja«, antwortete ich.

»Geht es um das Auto?«, fügte er sogleich an und zeigte auf den alten staubigen Santana.

»Nein.«

»Aha.«

»Es geht um … eine Art Gefallen, um den ich Sie bitten möchte.«

Er nickte mit einem wissenden Blick, der besagte, dass nichts weiter gesagt werden musste.

»Martial! Komm von deinem Greifer runter«, rief er seinem Bruder zu.

Die kräftigen Zangen hielten mit einem Klacken inne und schwankten in der Luft, ruhig und bedrohlich. Martial kam zu uns und gab mir ebenfalls die Hand. Ich hatte zwei rothaarige Widder vor mir, offensichtlich bereit, ihrem Hirten zu gehorchen.

»'n Bier, Herr Graf?«, bot Noël mir an.

Auf der Wachstuchdecke auf dem Tisch lagen vier Bierdosen verstreut neben einem Plan, der mit einem Kuli auf die Rückseite eines alten Hefters aus braunem Karton gezeichnet worden war. Ich hatte ihnen den Grundriss meiner Wohnung gezeigt, den Eingang, das Wohnzimmer und schließlich das Arbeitszimmer. Sie würden drei Stunden haben, um den ganzen Raum zu leeren. Die Zeitspanne war kurz, aber sie würden das, so ihre Worte, »regeln«. Weder der eine noch der andere fragte mich, warum der Graf von Mandragore wünschte, eine Wohnung in Paris auszurauben. Diese Frage war in ihren Augen bedeutungslos.

»Und die Frau? Wenn sie zurückkommt?«, fragte mich Noël.

»Sie sollte nicht da sein. Donnerstags geht sie zum Friseur.«

Martial nickte, aber Noël insistierte umso stärker.

»Wenn wir die Frau sehen, regeln wir das mit ihr«, schnitt ihm Martial das Wort ab. »Machen Sie sich keine Sorgen, Herr Graf. Wir wissen, was wir tun.«

Wir sprachen anschließend über die Details: die Art des Türschlosses, Nachbarn, bereitzuhaltende Luftpolsterfolie, um die Gegenstände einzupacken, Umzugskartons, Lastwagen und Lagerung.

Was die Lagerung betraf, boten die Brüder Davier an, mir eine Halle zur Verfügung zu stellen, die sie ein paar Kilometer weiter weg hätten und in der nur »ein bisschen Plunder« stünde. Der Einbruch sollte fünf Tage später stattfinden. Als Kopf der Operation musste ich am besagten Tag für alle zusätzlichen Fragen über das Handy zur Verfügung stehen. Der neue Vertrag, den ich bei France Télécom-Orange unterschrieben hatte, würde zum ersten Mal Verwendung finden. Hochprofessionell erfanden die Brüder Davier Decknamen. Ich war »Kumpel«, sie »Filou« und »Tintin« und meine geschätzte Sammlung der »dicke Hund«.

*

An jenem Donnerstag ging ich abends im Rosengarten spazieren, Mélaine würde ich anschließend beim Aperitif wiedersehen. Wir erwarteten liebe amerikanische Freunde, die auf der Durchreise im Burgund waren, die McEllies – Arthur war der Stifter der Rose »Mélaine«. Da sie mein tragisches Verschwinden nah miterlebt hatten, waren sie außer sich vor Freude bei dem Gedanken, mich wiederzusehen. Mélaine hatte mich die Freundschaftsbekundungen lesen lassen, die diese reizenden New Yorker per Mail aus ihrem Stadthaus am Central Park geschickt hatten.

Wir hatten ein Foto von uns geschossen, Wange an Wange in die Kamera lächelnd, die wir am ausgestreckten Arm hielten, und ihnen geschickt. »*I am back*«, hatte ich das Bild schlicht genannt. Die Antwort hatte nicht lange auf sich warten lassen; mcellie.nyforever@aol.com: »OH MY GOD!«, war in riesigen Buchstaben auf unserem Bildschirm erschienen.

Ich ging über die weißen Steinplatten, als mein Handy klingelte, und hob sofort ab. Den ganzen Nachmittag über hatte ich nichts von den Brüdern Davier gehört, und ein finsteres Szenario war in meinem Kopf aufgekeimt – ich würde meine Sammlung nie wiedersehen, sie würden Hehler spielen und alles abstreiten, wenn ich auf dem Schrottplatz auftauchen würde. Vielleicht würden sie mich sogar mit dem Gewehr vom Hof jagen. Und doch hatte ich Vertrauen in diese Halunken, die es zufriedenzustellen schien, eine Schuld bei mir zu begleichen. Ich hatte immer große Achtung vor Gaunern, es schien mir, dass ihr Ehrenkodex, roh und brutal, unendlich vertrauenswürdiger war, als der der Männer mit weißem Kragen.

»Hallo, Kumpel.«

Es war Martials Stimme.

»Wir haben deinen dicken Hund abgeholt, er ist in der Hütte, aber ganz schön schwer das Tier!«

»Hat er nicht gebellt?«

Das war der Code, um zu fragen, ob Charlotte aufgetaucht war.

»Nein, sehr ruhig, dieser Hund.«

»Kein Wehwehchen an der Pfote oder an der Nase?«

Der Code, um zu wissen, ob auch kein Gegenstand zerbrochen war.

»Gar nichts, du kannst jederzeit herkommen und mit ihm Stöckchen spielen. Mach's gut, Kumpel.«

»Mach's gut, Tintin, und richte Filou meinen Dank aus.«

»Das mache ich bestimmt.«

Am nächsten Tag wurden die Gegenstände in der Lagerhalle verstaut, deren Schlüssel Martial mir aushändigte.

»Behalten Sie ihn, Herr Graf, jedem seine Geheimnisse«, sagte er freundlich und hob das Kinn mit der Haltung eines Armeeobersts der Bodenstreitkräfte.

Was genau war in Paris geschehen? Hatte das Schicksal mein Pastellbild mit einem Schleier versehen, damit ich der Einzige war, der sich darin erkennt?

Ich hatte oft mit diesem Gedanken gespielt, der am Phantastischen rührte, es war eine sehr verführerische Erklärung, geheimnisvoll und romantisch, wie die Suche, die mich dahin gebracht hatte, in diesem Schloss zu leben. In diesen Augenblicken stellte ich mir vor, dass Auguste Chaumont de Rivaille sein Porträt einem zweifelhaften Alchemisten anvertraut hatte, damit er einige magische Zauberformeln auf Grundlage der Alraune anwendete, die es in den Augen der anderen anders werden ließ. Und doch glaube ich, dass nichts davon jemals geschehen ist.

Nun sehe ich die einzige Möglichkeit vor mir.

Die Wahrheit, die fast enttäuschend ist und mich doch schwindelig macht: Ich glaube, dass sich Charlotte, ihr Liebhaber Chevrier und unsere Freunde gegen mich verschworen haben. In dieser Idee steckt keinerlei Paranoia, ich glaube einfach, dass sie mir ein Schnippchen schlagen wollten, mir, dem Anwalt, der mehr Erfolg hatte als sie und der sein Geld schändlich für etwas ausgab, was sie für alten Trödel hielten.

Ich glaube, dass Charlotte, als sie das Bild im Wohnzimmer entdeckt hat und ich sie gedrängt habe, mir ihren Eindruck mitzuteilen, das ideale Mittel gefunden hatte, mir die Stirn zu bieten. »Was soll ich bitte bemerken? Dieser Kerl sieht dir überhaupt nicht ähnlich.« Sie wusste, dass es mich schwerer treffen würde als eine Steuerprüfung. Sie hatte ins Schwarze getroffen.

Ich denke, sie wollte mir eine Lektion erteilen. Es missfiel ihr, dass die Gegenstände aus dem Arbeitszimmer wieder in der restlichen Wohnung aufgetaucht waren, und sicher gab es noch ein oder zwei Dinge, an denen ich zu jener Zeit in ihren Augen schuld war. Der Anruf einer ihrer Freundinnen, den ich vergessen hatte, ihr auszurichten, oder ein versprochener und dann ebenfalls vergessener Restaurantbesuch, womöglich ein Wochenendprojekt, das ich nicht weiterverfolgt hatte. Das Porträt bot ihr die Gelegenheit, sich ein wenig zu rächen, und sie hatte sich beeilt, Chevrier vorzuwarnen, damit er mitspielte, wenn ich es ihm zeigen würde. Sie musste es auch unseren Freunden eingetrichtert haben: »Pierre-François wird euch ein seltsames Bild von jemandem zeigen, der ihm ziemlich ähnlich sieht, aber sagt es ihm bloß nicht ...« Sie mussten sich alle zugezwinkert haben, als ich, voller Ärger, aus dem Wohnzimmer gegangen war, um das Bild in mein Arbeitszimmer zurückzubringen. Ich verkehrte nur in einem Kreis, in dem sich alle untereinander kannten und sich über diesen Spaß amüsiert haben mussten, deren Folgen sie nicht abschätzen konnten.

Keinerlei Alchemie, Magie, Zauberei. Eine schäbige Farce, ein Komplott von verbitterten Spießbürgern, die entschieden haben, den besten unter ihnen zum Hornochsen zu machen. Ich glaube leider, dass es lediglich das war.

Wenn Charlotte es über sich gebracht hätte, die Hand vor den Mund zu schlagen und einen Schrei zu unterdrücken, am Tag, als ich ihr mein

Bild gezeigt hatte, wenn sie sogleich gesagt hätte: »Wo hast du das nur gefunden, Pierre-François, das ist unglaublich!«, ja, wenn sie das getan hätte, wäre nichts geschehen. Und unsere Freunde, wenn sie nur akzeptiert hätten, das Offensichtliche zu erkennen, wenn ich es tatsächlich selbst gewesen wäre, der ihnen mit meinem neuesten Fund ein Schnippchen geschlagen hätte ... Aber das wollten sie nicht, sie wollten nicht mehr. Im Grunde mochten sie mich nicht, sie hatten mich noch nie gemocht. Ihr Verhalten dem Porträt gegenüber hatte dies deutlich bewiesen.

»Geh doch dein Bild holen, Pierre-François.« Ich höre immer noch ihre triumphierende Stimme. Das war das Zeichen. »Geh doch dahin, wo der Pfeffer wächst«, ist ein geläufiger Ausdruck, um sich von jemandem zu befreien, der unerwünscht ist.

Dorthin bin ich gegangen, weit weg, wo etwas wächst und gedeiht, und das bin ich selbst.

Und dort bin ich immer noch.

Die überwältigende Hitze verformt das Blech der Lagerhalle, wie bei einer Schwellung dehnt sich lautstark das Metall. Ein richtiger Ofen. Ich erhebe mich, betrachte noch einen Augenblick lang meine Schätze im Schein der Kerzen, bevor ich sie eine nach der anderen ausmache, mit Hilfe einer kleinen Dochtschere aus Silber, bei der das eine Schneidblatt ein Kästchen trägt, in dem die Flamme in einem Sekundenbruchteil erstickt und erlischt. Dreiundzwanzig Kerzen gilt es zu putzen, meine Besuche enden jedes Mal mit dieser Zahl. Es ist ein Ritual, wie die Zigarette und der Becher Bowmore. Meine Messe ist gehalten, und die Hitze lässt Schweißtropfen an meinen Wangen herunterlaufen. Ich lege die Dochtschere auf ihren Sockel zurück und taste mich zu der schweren Eingangstür der Halle. Ich schiebe sie auf und werde von der Sonne geblendet. Es ist, als ginge ich durch eine Schleuse. Die Halle ist ein kleines Paralleluniversum, für das nur ich einen Schlüssel besitze, eine Dunkelkammer, um mit dem Geist eines Verstorbenen zu sprechen. Pierre-François, bist du da? Ein Schlag, ja, zwei Schläge, nein.

*

Ich wische mir mit dem Ärmel über die Stirn und laufe zum Feldweg, der hoch nach Rivaille führt. In einer halben Stunde würde ich am Schloss sein, im Salon am Wassergraben, und mit Mélaine Tee trinken.

»Was hast du gemacht?«

»Nichts Besonderes, einen Spaziergang«, antworte ich ihr.

Wir lieben unser Teeritual in diesem kühlen und leicht feuchten Raum. Wenn man darauf achtet, kann man durch die gekippten Fenster manchmal das Klatschen eines Karpfens hören, der an die Oberfläche kommt und gleich wieder in seine flüssige Nacht abtaucht. Mélaine geht ans Fenster und hebt die Gardine, ihr Blick verliert sich im dunklen Wasser, dann dreht sie sich zu mir um und schaut mich an. Ein verschwörerisches Lächeln erscheint auf ihrem Gesicht, sie lässt den Vorhang fallen und kommt näher, langsam, Schritt für Schritt, ohne mich aus den Augen zu lassen. Bei mir angekommen, setzt sie sich neben mich, fährt mit einer Hand durch meine Haare, und als ich sprechen will, legt sie einen Finger auf meine Lippen. Wir schauen uns wortlos an. In diesen Momenten bin ich mir sicher, dass sie es weiß.

Sie weiß, dass ich nicht ihr Mann bin. Ich bin mir ebenso sicher, dass wir niemals darüber sprechen werden. Wir lieben uns zu sehr, um unser Glück durch ein Gespräch über etwas zu zerstören, was letztendlich nur ein unwichtiges Detail ist.

Hinter mir ertönt ein dumpfes Geräusch wie von einem aufprallenden Meteoriten aus Werg, ich bleibe stehen und erstarre. Schwindel erfasst mich, und der heiße Schweiß auf meiner Stirn gefriert. Ich weiß, was dieses Geräusch bedeutet, dieser dumpfe Schlag. Es kann nur eines sein.

Zähneknirschend komme ich wieder zu Atem, während die ersten Töne von berstendem Metall erschallen. Ich schaffe es nicht, mich zu bewegen, meine Füße sind wie mit dem Boden verschweißt. In den warmen Wind mischt sich plötzlich ein Knistern, das anschwillt, weiteres Bersten, Schläge wie Feuerwerkskörper. Sie kommen von der alten Kiste vergessener Patronen, die ich in der Nähe von den Säcken mit Dünger zurückgelassen habe. Ich kann mich nicht mehr bewegen. Völlige Leere breitet sich in meinem Kopf aus. Ich bin bereits in meinem Salon am Wassergraben und trinke Tee mit Mélaine. Ich schaue sie an, mein Blick wandert von dem weißen Baumwollkleid, das sie heute Morgen trägt, zu ihrem Haar. Ich sehe ihren Körper und fühle ihre Präsenz mit fast übernatürlicher Deutlichkeit. Nun, da ich verstanden habe, was in Paris geschehen ist, muss etwas abgeschlossen werden. Nun, da ich die Frau gefunden habe, die Liebe und die Schönheit, die ich die ganzen Jahre in den Dingen gesucht habe, nun, da ich vom Unbelebten zum Lebendigen übergegangen bin, muss der Wechsel mit einem seltsamen Handel einhergehen, wie mit einem illegalen Schlepper, dem man ein Vermögen zahlt, um verbotene Grenzen zu überqueren: alle meine Objekte für eine einzige Frau.

Das ist der Preis, den ich zahlen muss. Das Lösegeld für das Glück.

Endlich finde ich die Kraft, mich umzudrehen. In diesem Moment stürzt das Dach der Halle ein, der brennende Atem und die fliegende Asche erreichen mein Gesicht und bringen mein Haar durcheinander. Ich schließe die Augen.

Pierre-François Chaumont, bist du da? Ein Schlag, ja, zwei Schläge, nein.

Als Antwort, deutlich eine nach der anderen, explodieren zwei Patronen.

Dank

Meinen Verlegern, Marike Gauthier und Yann Briand. Barthélémy Chapelet, Vincent Eudeline, Julien Levy und Véronique Saint Olive. Ihr habt es verstanden, mich in der Menge zu erkennen, ich war gut versteckt.

Meinen Eltern natürlich ... Aber auch Jean-Alexis Aubert, Marc Feldmann, Adrien Goetz und seiner Langschläferin, Michel Missirliu, Marion Vincent-Royol, Charlotte de Foras, Anne Gautier, Maître Catherine Charbonneaux, Nathalie Lafon, Laurent Giraud Dumas und der Mannschaft von Harry's Bar, Mathieu Raymond, Delphine Torrekens, Jean Castelli, Sandrine Dumarais, Annick Jelicie, Léo Largieur, Sonia Sieff und Stéphanie Lollichon.